vidas minúsculas

Pierre Michon

vidas minúsculas

tradução
Mário Laranjeira

Estação Liberdade

ATITUDE

Copyright © Éditions Gallimard, Paris, 1984
© Editora Estação Liberdade, 2004, para esta tradução
Título original: *Vies minuscules*

Revisão	Nair Hitomi Kato
Composição	Pedro Barros / Estação Liberdade
Capa	Nuno Bittencourt / Letra & Imagem
Produção	Edilberto Fernando Verza
Assistência editorial	Flávia Moino
Editora-adjunta	Graziela Costa Pinto
Editor	Angel Bojadsen

ESTE LIVRO, PUBLICADO NO ÂMBITO DO PROGRAMA DE PARTICIPAÇÃO À PUBLICAÇÃO, CONTOU COM O APOIO DO MINISTÉRIO FRANCÊS DAS RELAÇÕES EXTERIORES

CIP-BRASIL. CATALOGAÇÃO NA FONTE
Sindicato Nacional dos Editores de Livros, RJ

M57v

Michon, Pierre, 1945-
 Vidas minúsculas / Pierre Michon ; tradução de Mário Laranjeira. — São Paulo : Estação Liberdade, 2004
 216 p.; (Latitude)

 Tradução de: Vies minuscules
 ISBN 85-7448-095-9

 1. Ficção francesa. I. Laranjeira, Mário. II. Título. III. Série.

04-1604. CDD 843
          CDU 821.133.1-3

Todos os direitos reservados
Editora Estação Liberdade Ltda.
Rua Dona Elisa, 116 — 01155-030 — São Paulo - SP
Tel.: (11) 3661 2881   Fax: (11) 3825 4239
e-mail: editora@estacaoliberdade.com.br
http://www.estacaoliberdade.com.br

Sumário

Vida de André Dufourneau   11

Vida de Antoine Peluchet   29

Vidas de Eugène e de Clara   61

Vidas dos irmãos Bakroot   79

Vida do pai Foucault   119

Vida de Georges Bandy   139

Vida de Claudette   185

Vida da pequena morta   195

a Andrée Gayaudon

Por infelicidade, ele acredita que as pessoas simples são mais reais do que as outras.

André Suarès

Vida de André Dufourneau

Avancemos na gênese de minhas pretensões.

Tenho algum ascendente que foi belo capitão, jovem alferes insolente ou negreiro ferozmente taciturno? A leste de Suez algum tio retornado à barbárie sob o capacete colonial, *jodhpurs*[1] nos pés e amargura nos lábios, personagem banal abraçada com facilidade pelos ramos mais novos, pelos poetas apóstatas, por todos os desonrados cheios de honra, de sombra e de memória que são a pérola negra das árvores genealógicas? Um qualquer antecedente colonial ou marujo?

A província de que falo é sem costas, praias ou recifes; nem malvino exaltado nem altivo moco[2] ouviu ali o apelo do mar quando os ventos do oeste a assolam, purgado de sal e vindo de longe, por sobre as castanheiras. Dois homens, no entanto, conheceram essas castanheiras, por certo debaixo delas se abrigaram de alguma tempestade, ali amaram talvez,

---

1. De Jodhpurs, cidade da Índia. Calças longas, estilo montaria, usadas para cavalgar, apertadas dos joelhos aos pés, dispensando o uso de botas. (N.T.)
2. "Moco", palavra provençal que designa um marujo da região de Toulon, no sul da França. (N.T.)

sonharam em todo caso, foram trabalhar e sofrer debaixo de árvores bem diferentes, não saciar seus sonhos, amar de novo quem sabe, ou simplesmente morrer. Falou-se de um desses homens; acho que me lembro do outro.

Num dia de outono de 1947, minha mãe me leva no colo, até debaixo da grande castanheira de Cards, no lugar onde se vê desembocar de repente o caminho comunal, até ali escondido pelo muro do chiqueiro, pelas aveleiras, pelas sombras; faz sol, minha mãe está por certo usando um vestido leve, eu vou tagarelando; na estrada, sua sombra vai à frente de um homem desconhecido; ele pára; olha; fica emocionado; minha mãe treme um pouco, o inabitual suspende sua *fermata* entre os ruídos frescos do dia. Finalmente o homem dá um passo, apresenta-se. Era André Dufourneau.

Mais tarde, disse ter acreditado que reconhecia em mim a menina bem pequena que fora minha mãe, igualmente *infans* e débil ainda, quando se foi. Trinta anos, e a mesma árvore que era a mesma, e a mesma criança que era outra.

Muitos anos antes, os pais de minha avó tinham pedido à assistência pública que lhes confiasse um órfão para ajudá-los nos trabalhos da roça, como então se costumava praticar, naquele tempo em que não se havia ainda elaborado a mistificação complacente e complicada que, sob o rótulo de proteger a criança, mostra a seus pais um espelho lisonjeiro, edulcorado, suntuário; bastava então que a criança comesse, dormisse debaixo de um teto, se instruísse no contato com os mais velhos com os poucos gestos necessários a essa sobrevida de que faria uma vida; supunha-se que quanto ao resto a tenra idade supria a ternura, paliava o frio, o sofrimento e os duros trabalhos que eram mitigados pelas broas de trigo-sarraceno, pela beleza das tardes, pelo ar bom como o pão.

Mandaram-lhes André Dufourneau. Apraz-me achar que ele chegou numa noite de outubro ou de dezembro, encharcado de chuva ou com as orelhas vermelhas pelo frio cortante; pela primeira vez seus pés bateram esse caminho que nunca mais irão bater; ele olhou para a árvore, para o estábulo, para o jeito como o horizonte daqui recortava o céu, para a porta; olhou para os rostos novos debaixo da lâmpada, surpresos ou comovidos, sorridentes ou indiferentes; teve um pensamento que não conheceremos. Sentou-se e tomou a sopa. Ficou dez anos.

Minha avó, que se casou em 1910, era ainda solteira. Apegou-se ao menino, a quem certamente cercou dessa fina gentileza que lhe era reconhecida, e com a qual temperou a bonomia brutal dos homens que ele acompanhava nos campos. Não conhecia nem nunca conheceu a escola. Ela lhe ensinou a ler, a escrever. (Imagino uma noite de inverno; uma camponesa jovenzinha de vestido preto faz ranger a porta do bufê, tira um caderninho empoleirado lá bem no alto, "o caderno do André", senta-se junto do menino que já lavou as mãos. Entre o palavreado em patoá, uma voz se enobrece, se coloca num tom mais alto, esforça-se com sonoridades mais ricas para casar-se à língua de mais ricas palavras. O menino escuta, repete timidamente de início, depois com satisfação. Não sabe ainda que para os de sua classe ou de sua espécie, nascidos junto da terra e mais prontos para nela caírem de cabeça, a Bela Língua não dá a grandeza, mas a nostalgia e o desejo da grandeza. Ele deixa de pertencer ao instante, o sal das horas se dilui, e na agonia do passado que sempre começa, o futuro se levanta e logo se põe a correr. O vento bate na janela com um ramo descarnado de glicínia; o olhar espantado do menino vagueia sobre um mapa.) Não lhe faltava inteligência, certamente lhe diziam que "aprendia depressa"; e, com o bom senso lúcido e intimidado dos camponeses de outrora, que relacionavam as hierarquias intelectuais às hierarquias sociais, meus avós, a partir de vagos indícios, elaboraram, para explicar essas qualidades incongruentes num menino de sua condição, uma ficção mais conforme ao que consideravam verdadeiro: Dufourneau tornou-se o filho natural de um fidalgote local, e tudo entrou na ordem.

Ninguém mais sabe se lhe contaram a respeito dessa ascendência fantasmática, nascida do imperturbável realismo social dos humildes. Pouco importa: se ficou sabendo, orgulhou-se disso e prometeu a si mesmo reconquistar aquilo de que, sem que nunca tivesse tido, a condição de bastardo o havia espoliado; se não ficou, uma vaidade se apossou desse camponês órfão, criado num vago respeito, talvez, às deferências inusitadas seguramente, que lhe pareceram ainda mais merecidas por ignorar a causa.

Minha avó se casou; era apenas dez anos mais velha do que ele, e talvez o adolescente que já era tenha sofrido com isso. Mas o meu avô, direi, era jovial, acolhedor, bom príncipe e camponês medíocre; quanto ao menino, creio ter ouvido minha avó dizer, ele era agradável. Certamente os dois jovens devem ter gostado um do outro, o alegre vencedor do momento com bigodes amarelos, e o outro, o imberbe, o taciturno, o chamado em segredo que esperava a sua hora; o eleito impaciente com a mulher e o eleito calmamente crispado de um destino maior do que a mulher; o que pilheriava e o que esperava que a vida lhe permitisse pilheriar; o homem de terra e o homem de ferro, sem prejuízo de sua respectiva força. Vejo-os saindo para a caçada; seus hálitos dançam um pouco, depois são engolidos pela bruma, suas silhuetas se apagam antes da orla do bosque; ouço-os amolar as foices, de pé na madrugada da primavera, depois caminham e o capim se deita, e o cheiro cresce com o dia, exaspera-se com o sol; sei que eles param quando chega meio-dia. Conheço as árvores debaixo das quais eles comem e conversam, ouço suas vozes mas não entendo.

Depois nasceu uma menininha, veio a guerra, meu avô partiu. Quatro anos se passaram, durante os quais Dufourneau acabou de se tornar um homem; pegou a menina nos braços; correu para avisar Élise que o carteiro estava tomando o caminho do sítio, levando uma das cartas, pontuais e aplicadas, de Félix; à noite, à luz da lâmpada, pensou nas províncias distantes onde o fragor das batalhas arrasava as aldeias que ele dotava de nomes gloriosos, onde havia vencedores e vencidos, generais e soldados, cavalos mortos e cidades inexpugnáveis. Em 1918, Félix voltou com armas alemãs, um cachimbo de espuma do mar, algumas rugas e um vocabulário mais extenso do que ao partir. Dufourneau mal teve tempo para ouvi-lo: estava sendo convocado para o serviço militar.

Ele viu uma cidade; viu as canelas das mulheres dos oficiais quando subiam no carro; ouviu rapazes que roçavam com seus bigodes o ouvido de belas criaturas feitas de risos e de seda: era a língua que recebera de Élise, mas ela parecia outra de tanto que esses indígenas conheciam-lhes as pistas, os ecos, as astúcias. Entendeu que era um camponês. Nada nos dirá como sofreu, em que circunstâncias foi ridículo, o nome do café onde se embriagou.

Quis estudar, na medida em que a servidão militar lhe permitia, e parece que conseguiu, pois era um bom rapaz, competente, dizia a minha avó. Lidou com manuais de matemática, de geografia; apertou-os em sua mochila que cheirava a tabaco, o moço pobre; abriu-os e conheceu o abandono de quem não entende, a revolta que vai além e, ao termo de uma alquimia tenebrosa, o puro diamante do orgulho com que o entendimento aclara, no tempo de um sopro, o espírito sempre opaco. Será um homem, um livro, ou, mais poeticamente, um cartaz de propaganda da Marsouille[3] que lhe revelou a África? Que palrador de subprefeitura, que mau romance enfiado nas areias ou perdido na floresta por sobre intermináveis rios, que gravura do *Magasin pittoresque* onde cartolas luzidias, negras como elas e como elas sobrenaturais, passavam triunfalmente entre luzentes faces, fez refletir-se aos seus olhos o continente sombrio? Sua vocação foi esse país onde os pactos infantis que a gente faz consigo mesmo podiam ainda, naquele tempo, esperar efetivar ofuscantes revanches desde que se aceitasse entregar-se ao deus altivo e sumário do "tudo ou nada"; era lá que ele jogava com os ossinhos, dispersava as quilhas indígenas e estripava as florestas sob a bola de chumbo de um sol enorme, apostava e perdia cem cabeças de ambiciosos cobertas de moscas sobre as muralhas de argila das cidades saarianas, tirava com estardalhaço de Sua manga um naipe de reis brancos e, embolsando Seus dados marcados de marfim e de ébano ensacados em búfalo, desaparecia nas savanas, em calças garança e capacete branco, mil crianças perdidas em seu rastro.

Sua vocação foi a África. E ouso acreditar por um instante, sabendo que não é nada disso, que o que o chamou para lá foi menos o atrativo grosseiro da fortuna a conquistar do que uma rendição incondicional nas mãos da intransitiva Fortuna;

---

3. Neologismo derivado de marsuíno que designa o conjunto das unidades da Marinha Francesa. (N.E.)

que ele era demasiado órfão, irremediavelmente vulgar e não nascido para fazer suas as devotas evasivas que são a ascensão social, a provação por um caráter forte, o sucesso adquirido que se deve unicamente ao mérito; que partiu como um jovem embriagado, emigrou como ele cai. Ouso acreditar nisso. Mas, falando dele, é de mim que falo; e não desmentiria mais do que foi, imagino, o móvel maior de sua partida: a convicção de que lá um camponês se tornava um branco e, fosse ele o último dos filhos malnascidos, contrafeitos e repudiados da língua mãe, estava mais perto de suas saias do que um peul ou um baúle[4]; ele a falaria alto e nele ela se reconheceria, ele a desposaria "do lado dos jardins de palmas, entre um povo forte e suave" transformado em povo de escravos sobre o qual assentar esses esponsais; ela lhe daria, com todos os outros poderes, o único poder que vale a pena: aquele que une todas as vozes quando se ergue a voz do Bem Falante.

Terminado o seu tempo de serviço, voltou a Cards — talvez fosse em dezembro, talvez houvesse neve, espessa sobre a parede do forno, e meu avô, que limpava os caminhos com a pá, mal o viu chegando, de longe, levantou a cabeça sorrindo, cantarolando sozinho até que estivesse à sua altura — e anunciou a sua decisão de partir, além-mar como se dizia então, no azul brusco e no longe irremediável: dá-se o passo adiante na cor e na violência, deixa-se seu próprio passado atrás do mar. O destino confesso era a Costa do Marfim; outro, também flagrante, a cobiça: mil vezes ouvi a minha avó evocar a soberba com que ele teria declarado que "lá ficaria rico ou morreria" — e imagino hoje, ao ressuscitar o quadro que a minha romanesca avó havia traçado só para si,

---

4. Povos nômades da África ocidental. (N.T.)

redistribuindo os dados de sua memória em torno de um esquema mais nobre e ingenuamente dramático do que um pobre verdadeiro cuja confissão de plebeísmo a teria lesado, quadro que deve viver em seu âmago até a morte e enfeitar-se de cores tanto mais ricas quanto a cena primeira, com o tempo e a sobrecarga da lembrança reconstruída, desaparecia —, imagino uma composição à maneira de Greuze, alguma "partida de menino ávido" tramando o seu drama na grande cozinha camponesa que a fumaça moqueia como um sumo de ateliê e onde, num grande sopro de emoção que desfaz os xales das mulheres e exalta as mãos dos homens rudes numa gesticulação muda, André Dufourneau, altivamente apoiado a uma arca, com a barriga da perna saliente em faixas apertadas e brancas como uma meia do século XVIII, apresenta, alongando o braço, uma palma da mão aberta à janela inundada de pasta ultramarina. Mas era sob traços bem diferentes que eu concebia, em criança, essa partida. "Voltarei rico, ou morrerei lá": essa frase, no entanto bem indigna de memória, eu disse que a minha avó a tinha exumado mil vezes das ruínas do tempo, tinha de novo desfraldado no ar seu breve estandarte sonoro, sempre novo, sempre de ontem; mas era eu que o pedia a ela, eu que queria ouvir de novo esse lugar comum daqueles que partem: o pavilhão que a meus olhos fazia estalar ao vento, tão explícito quanto o ideograma das tíbias cruzadas dos Irmãos da Costa, proclamava o inevitável segundo termo da morte e a sede fictícia de riquezas que se lhe opõe para melhor se entregar a elas, o perpétuo futuro, o triunfo dos destinos que se apressa ao se insurgir contra eles. Eu me arrepiava então com o mesmo arrepio que aquele que me tomava ao ler poemas cheios de ecos e de massacres, prosas ofuscantes. Eu o sabia: tocava em algo semelhante. E sem dúvida essas palavras, pronunciadas com alguma complacência por um ser desejoso de realçar a gravidade da hora, mas muito mal-informado para saber decuplá-la, fingindo arrasá-la sob uma "pilhéria", e portanto reduzido, para destacar-lhes o insólito, a se servir de um repertório que acreditava nobre, eram mesmo sob esse aspecto "literárias", por certo; mas havia muito mais: havia a formulação, redundante, essencial e sumariamente burlesca — e, pelo que sei, uma das primeiras vezes em minha vida — de um desses destinos que foram as sereias de minha infância e a cujo canto para terminar eu me entreguei, atado de pés e mãos, desde a idade da razão; essas palavras me eram uma Anunciação e, como um Anúncio, eu estremecia sem penetrar-lhes o sentido; meu futuro se encarnava, e eu não o reconhecia; não sabia que a escrita era um continente mais tenebroso, mais provocante e decepcionante do que a África, o escritor, uma espécie mais ávida de perder-se do que o explorador; e, embora ele explorasse a memória e as bibliotecas memoriosas em lugar de dunas e florestas, voltar cheio de palavras como outros o ficam de ouro ou morrer lá mais pobre do que antes — morrer disso — era a alternativa oferecida também ao escriba.

Eis que partiu André Dufourneau. "Minha jornada está feita; deixo a Europa." O ar marítimo já surpreende os pulmões desse homem do interior. Ele olha para o mar. Vê ali os velhos do campo perdidos sob seus bonés e mulheres todas pretas e nuas a ele oferecidas, os trabalhos que fazem as mãos terrosas e os anéis enormes nos dedos dos novos ricos estrangeiros, a palavra "*bungalow*" e as palavras "nunca mais";

ele vê ali o que se deseja e de que se tem saudade; vê ali infinitamente refletir-se a luz. Está encostado nos fileretes, com certeza: imóvel, olhos vagos e perdidos naquele horizonte de visões e claridade, o vento do mar como mão de pintor romântico desmanchando seus cabelos, drapejando à antiga seu paletó de algodão preto. A ocasião é bela para dele traçar o retrato físico que diferi: o museu familiar conservou um, onde está fotografado de pé, no azul horizonte da infantaria; as faixas que lhe servem de polaina permitiram-me há pouco imaginá-lo com meias Luís XV; os polegares estão enfiados no cinturão, o peito saltado, e a pose é aquela, orgulhosa, de queixo empinado, que os homens pequenos afetam. Vamos, é mesmo com um escritor que ele se parece: existe um retrato do jovem Faulkner, que como ele era pequeno, em que reconheço esse ar altaneiro e sonolento ao mesmo tempo, de olhos pesados mas de uma gravidade fulgurante e negra, e, debaixo de um bigode preto de nanquim que outrora escondeu a crueza do lábio vivo como o barulho calado sob a palavra dita, a mesma boca amarga e que prefere sorrir. Afasta-se do convés, deita-se em seu beliche e ali escreve os mil romances de que é feito o futuro e que o futuro desfaz; vive os dias mais plenos de sua vida; o relógio das marolas imita o das horas, passa o tempo e varia o espaço, Dufourneau está vivo como aquilo com que sonha; já morreu há muito tempo; não abandono ainda a sua sombra.

Aquele olhar que trinta anos mais tarde será posto sobre mim aflora a costa da África. Avista-se Abidjan no fundo de sua laguna que derreiam as chuvas. A barra em Grand-Bassam, que Gide viu e descreveu, é uma imagem do antigo *Magasin pittoresque*; o autor de *Paludes* empresta sabiamente ao céu o seu tradicional aspecto de chumbo; mas o mar sob a sua pena parece uma figura, cor de chá. Com outros viajantes que a história esqueceu, Dufourneau deve, para romper o macaréu, elevar-se acima das vagas, suspenso a uma balancinha movida por um guindaste. Depois os enormes lagartos cinzentos, as cabritas e os funcionários de Grand-Bassam; as formalidades portuárias e, ultrapassada a laguna, a estrada para o interior onde nascem, na mesma incerteza, as pequenas como as grandes anábases, os brilhantes desejos no seio da realidade morna: as palmeiras dumas onde dormem as serpentes de ouro e de visco, a chuvarada cinza sobre as árvores cinzas, as essências eriçadas de maus espinhos e de nomes suntuosos, os horrendos marabus considerados sábios e a palma mallarmeana demasiado concisa para abrigar do sol, das chuvas. A floresta enfim se fecha como um livro: o herói é entregue à sorte, e seu biógrafo à precariedade das hipóteses.

Após um longo silêncio, uma carta chegou a Cards, nos anos 30. O mesmo carteiro maneta a trouxe, aquele que Dufourneau espreitava no limiar do campo, durante a guerra e a infância. (Eu próprio o conheci, já aposentado numa casinha branca, perto do cemitério do burgo; podando roseiras num jardim minúsculo, ele parecia alto e voluntarioso, com uma alegre fala gutural.) E era por certo primavera, os lençóis hoje em pó fumegavam ao sol, as carnes decompostas sorriam na alegria de maio; e debaixo dos cachos violentamente suaves dos lilases, minha mãe com quinze anos inventava para si uma infância que já fugira. Ela não tinha lembrança do autor da carta; ela própria, no odor e na sombra violetas, sacerdotais como o passado, foi invadida por uma emoção espessa, literária, deliciosa.

Vieram outras cartas, anuais ou bianuais, descrevendo de uma vida aquilo que queria dizer o seu protagonista, e que por certo ele acreditava ter vivido: tinha sido funcionário florestal, "cortador de madeira", plantador enfim; estava rico. Nunca divaguei a respeito dessas cartas, de selo e carimbo raros — Kokombo, Malamalasso, Grand-Lahou —, que desapareceram; creio ler aquilo que nunca li: nelas ele falava de acontecimentos ínfimos e de felicidades anãs, da estação das chuvas e das ameaças de guerra, de uma flor metropolitana da qual conseguira fazer um enxerto; da preguiça dos negros, do brilho dos pássaros, do alto preço do pão; era baixo e nobre; protestava os seus melhores sentimentos.

Penso também naquilo de que ele não falava: algum insignificante segredo jamais desvendado — não por pudor sem dúvida, mas, o que dá na mesma, porque o material lingüístico de que dispunha era por demais reduzido para expor o essencial, e por demais intratável seu orgulho para que permitisse ao essencial encarnar-se em palavras humildemente aproximativas —, algum desregramento do espírito em torno de um derrisório aparelho, uma deleitação vergonhosa em tudo aquilo que lhe faltava. Sabemo-lo, pois a lei é esta: não teve o que queria; era tarde demais para confessar: de que adianta apelar, quando se sabe que será trabalho perdido, que não haverá mais adiamento nem segunda oportunidade?

Finalmente aquele dia de 1947: de novo a estrada, a árvore, o céu daqui e o recorte das árvores sobre este horizonte, o jardinzinho de goivos. O herói e seu biógrafo encontraram-se debaixo da castanheira, mas, como sempre acontece, a entrevista é um fiasco: o biógrafo está no berço e não guardará nenhuma lembrança do herói; o herói nada mais vê na criança do que a imagem de seu próprio passado. Aos dez anos, por certo o teria visto sob a púrpura de um rei mago, colocando com um acanhamento altivo sobre a mesa da cozinha as especiarias raras e magníficas, café, cacau, índigo; aos quinze, ele teria sido "o feroz inválido de volta dos países quentes", de quem as mulheres e os poetas adolescentes gostavam tanto, olhos de fogo na pele escura, de verbo e de punho furioso; ainda ontem, e por menos calvo que ele fosse, eu teria pensado que "a selvageria lhe havia feito carícias na cabeça", como o mais brutal dos coloniais de Conrad; hoje, seja ele quem for e diga o que disser, eu pensaria o que digo aqui, nada mais, e tudo daria na mesma.

Posso por certo me prolongar sobre esse dia de que fui testemunha, de que nada vi. Sei que Félix abriu várias garrafas — segura na época, sua mão empunhava firme o saca-rolhas, com destreza provocava o bonito barulho —, que ficou feliz com os vapores do vinho, da amizade e do verão; que falou muito, em francês para interrogar seu hóspede nas distantes regiões, em patoá para evocar recordações; que seu olhinho azul faiscou de sentimentalidade finória, que a emoção aqui e ali e o gosto do passado quebraram uma palavra em sua boca. Desconfio que Élise escutou, com as mãos postas ao colo na concavidade do avental, que olhou muito e com um espanto nunca saciado o homem feito sob os traços de quem ela buscara um garotinho que uma expressão breve por vezes lhe restituía, um jeito de cortar o pão, de atacar uma frase, de seguir com os olhos pela janela o lampejo de um vôo, de um raio de luz. Sei que as frases em patoá voltaram sem que ele pensasse em casar os pensamentos de Dufourneau (o que talvez nunca tenha deixado de ser) e as produzir na claridade sonora (o que não era mais desde muito tempo). Falaram dos velhos falecidos, dos dissabores agronômicos de Félix, com desconforto de meu pai fugido; a glicínia da fachada estava em flor, esse dia declinou como todos os outros; à noite desejaram-se um "até à vista" que não acontecerá nunca. Alguns dias mais tarde, Dufourneau partiu de novo para a África.

Houve ainda outra carta, acompanhada do envio de alguns pacotes de café verde — apalpei longamente aqueles grãos, fi-los muitas vezes rolar fora de sua grande embalagem de papel pardo, sonhadoramente, quando era criança; ele nunca foi torrado. Minha avó às vezes, arrumando a prateleira recuada do armário onde ele estava fechado, dizia: "Olha aí, o café do Defourneau"; olhava um pouco para ele, seu olhar variava, e depois: "Ainda deve estar bom", acrescentava, mas no tom com que diria: "ninguém provará dele nunca"; ele era o precioso álibi dessa lembrança, dessa palavra; era imagem piedosa ou epitáfio, chamada à ordem para o pensamento demasiado disposto ao esquecimento, por estar ela muito desviada de si mesma pelo alarido dos vivos; torrado e consumível, ele decairia, profano, numa odorante presença; eternamente verde e parado num ponto prematuro de seu ciclo, era a cada dia mais de ontem, do além, de ultramar; era dessas coisas que fazem mudar o timbre da voz quando se fala delas: tinha-se tornado efetivamente o presente de um rei mago.

Esse café e essa carta foram os últimos sinais da vida de Dufourneau. Um definitivo silêncio lhes sucedeu, que não posso nem quero interpretar a não ser pela morte.

Quanto à maneira como a Madrasta golpeou, as conjecturas podem ser infinitas; penso em um Land-Rover tombado num sulco de laterito cor de sangue, onde o sangue deixa pouca marca; em um missionário precedido por um coroinha cuja sobrepeliz branca envolve amavelmente o rosto de fuligem, entrando na palhoça onde o mestre estertora os últimos compassos de uma vasta febre; vejo uma enchente carregando os seus afogados, um companheiro de Ulisses adormecido escorregando de um telhado e se espatifando sem acordar por completo; uma horrenda serpente de pele de cinzas que o dedo roça e logo a mão incha, o braço. Pergunto-me se, na hora extrema, ele pensou naquela casa de Cards em que neste instante estou pensando.

A hipótese mais romanesca — e, gostaria de acreditar, a mais provável — foi-me assoprada pela minha avó. Pois ela tinha "a sua idéia" sobre o caso, que nunca confessou de fato, mas concordava em dar a entender; eludia as minhas perguntas prementes sobre a morte do menino prodígio, mas lembrava a inquietação com que ele tinha evocado a atmosfera de revolta que então reinava nas plantações — e nessa data, de fato, as primeiras ideologias nacionalistas indígenas deviam comover aqueles homens miseráveis, curvados sob o jugo branco para um solo de cujos frutos não provavam; puerilmente sem dúvida, mas não sem alguma verossimilhança, Élise pensava em segredo que Dufourneau tinha sucumbido pela mão de operários negros, que ela imaginava sob os traços de escravos de outro século dominados por piratas jamaicanos, tais como são vistos nas garrafas de rum, demasiado brilhantes talvez para serem pacíficos, sangrentos como suas coifas de madrasto, cruéis como suas jóias.

Menino crédulo, partilhei os pontos de vista de minha avó; não os renegarei hoje. Élise, que havia colocado as premissas do drama ao ensinar ortografia a Dufourneau, ao amá-lo como mãe embora se soubesse possível esposa, que tinha tramado o destino do pequeno plebeu dando-lhe a entender que suas origens não eram talvez aquelas que pareciam ser e que as aparências eram pois reversíveis, Élise que tinha sido confidente aceitando o desafio orgulhoso da partida e a sibila voltando a derramá-lo no ouvido das gerações futuras, Élise também devia escrever o desfecho do drama; e ela o desempenhava com justeza. Esse fim que ela havia fixado não desmentia a coerência psicológica de seu herói: sabia que, como todos aqueles a quem só se chama de "arrivista" porque não chegam a fazer esquecer as suas origens aos outros mais do que a si mesmos, e que são pobres exilados entre os ricos sem esperança de retorno, Dufourneau tinha sido por certo tanto mais impiedoso para com os humildes quanto se recusava a reconhecer neles a imagem do que ele nunca tinha deixado de ser; aqueles trabalhos de negros enterrando-se com a semente e penando com a seiva rumo ao fruto, aquelas botas de lama que a relha lhe lança, aquele ar inquieto quando chega a tempestade ou o homem de gravata, tudo isso outrora tinha sido o seu quinhão, e ele tinha gostado, talvez, como se gosta do que se conhece; aquela incerteza de uma linguagem mutilada que não serve senão para denegar as acusações e aparar os golpes, tinha sido sua; para fugir desses trabalhos de que gostava e dessa linguagem que o humilhava, ele tinha vindo tão longe; para negar ter jamais amado ou temido aquilo que aqueles negros amavam ou temiam, ele abatia o chicote em suas costas, a injúria em seus ouvidos; e os negros, desejosos de restabelecer a balança dos destinos, arrancaram-lhe um último terror equivalente a seus mil pavores, fizeram-lhe uma derradeira ferida valendo por todas as suas feridas e, apagando para sempre aquele olhar terrificado no instante em que finalmente se confessava semelhante aos deles, mataram-no.

Esta maneira de conceber o seu falecimento se harmoniza mais soturnamente ainda com o pouco que sei de sua vida;

da versão de Élise, depreendia-se outra unidade além da do comportamento, uma coerência mais sombria, meio metafísica e antiga quase. Era o eco sarcástico e deformado de uma palavra, como a vida o é de um desejo: "Ou fico rico, ou morro lá"; essa alternativa fanfarrona tinha sido reduzida no livro dos deuses a uma única proposição: lá ele morrera pelas próprias mãos daqueles cujo trabalho o enriquecia; enriquecera-se com uma morte suntuosa, sangrenta como a de um rei imolado por seus súditos; lá ele só foi rico de ouro, e morreu disso.

Ainda ontem talvez, alguma anciã, sentada na soleira da porta em Grand-Bassam, lembrava-se do olhar de pavor de um branco quando rebrilharam as lágrimas, do pouco peso de seu cadáver de que se retiraram as lâminas murchas; ela hoje está morta; e morta também Élise, que se lembrava do primeiro sorriso de um garotinho quando lhe estenderam uma maçã bem vermelha, lustrosa no avental; uma vida sem conseqüência escorreu entre a maçã e a machete, cada dia mais embotando o gosto de uma e aguçando o corte da outra; quem, se eu não lavrasse aqui a ata, se lembraria de André Dufourneau, falso nobre e camponês pervertido, que foi bom menino, talvez homem cruel, teve possantes desejos e não deixou marca senão na ficção que uma velha camponesa elaborou?

Vida de Antoine Peluchet

a Jean-Benoît Puech

Em Mourioux nos meus verdes anos, acontecia, quando eu estava doente ou somente preocupado, que minha avó para me divertir fosse procurar os Tesouros. Eu chamava assim duas latas ingenuamente pintadas e amassadas que há tempos contiveram biscoitos, mas que encerravam então alimentos bem outros: o que dela tirava a minha avó eram objetos ditos preciosos e sua história, dessas jóias transmitidas que são memória para a gente miúda. Genealogias complicadas pendiam junto com berloques das correntes de cobre; relógios estavam parados na hora de um ancestral; entre as histórias que corriam pelas contas de um terço, algumas peças traziam, com o perfil de um rei, a narração de um dom e o nome campesino do doador. O mito inesgotável autenticava o seu penhor limitado; o penhor luzia fracamente na concha da mão de Élise, no seu avental preto, ametista fendida ou anel sem gema; o mito que sua boca derramava beatamente supria a falta da gema dos anéis e depurava a água das pedras, prodigalizava toda a joalheria verbal que explode nos estranhos nomes próprios dos ancestrais, na centésima variante de uma história que se conhece, nos motivos obscuros dos casamentos, das mortes.

No fundo de uma dessas latas, para mim, para Élise, para nossas secretas tagarelices, havia a relíquia dos Peluchet.

Era o tesouro mais anódino e mais precioso. Élise raramente deixava de o mostrar, depois de todos os outros, como o mais amado dos Lares; e, como tal, era mais que os outros arcaico, simplesinho, de uma arte rude e nua. Seu surgimento causava, com uma confusa expectativa, uma espécie de mal-estar e uma pungente piedade. Não me adiantava olhá-lo: ele não estava à altura da narrativa profusa que provocava em Élise; mas sua magnificência o fazia lancinante, como a narrativa: num e noutro, a insuficiência do mundo se tornava louca. Algo nele se ocultava sempre, que eu não conseguia ler, e chorava a minha defeituosa leitura: algum mistério se eclipsava num salto de pulga, reconhecia o avassalamento divino àquilo que foge, que se apequena e se cala. Eu não queria que assim fosse; minha mão largava medrosamente a relíquia, recolhia-se nas mãos de Élise; com um nó na garganta, suplicante, eu buscava seus olhos. Trabalho perdido: ela falava, com os olhos presos ao longe por não se sabe o quê, que eu tinha medo de ver; e era também de sumiços que ela falava, de corpos desaparecendo e de nossas almas sempre em fuga, das ausências visíveis com que suprimos o absenteísmo dos entes queridos, sua defecção na morte, na indiferença e nas partidas; esse vazio que deixam, ela o fecundava com palavras apressadas, jubilosas e trágicas que o vazio aspira como o orifício de uma colméia atrai o enxame, e que no vazio proliferam; ela criava de novo, para si mesma, para sua pequena testemunha e para um deus reparador que talvez estivesse prestando ouvidos, para todos aqueles também que nas lágrimas tinham até então segurado aquele objeto, ela chorava e consagrava, eternamente, como tinham feito suas mães antes dela e como eu vou fazer aqui pela última vez, a sempiterna relíquia.

Os Peluchet desapareceram no século passado; o último, pelo que sei, foi Antoine Peluchet, filho perpétuo e perpetuamente inacabado, que carregou para longe o seu nome e o perdeu. Esse nome caído em desuso, a relíquia o trouxe até mim: objeto das mulheres e herança de uma a outra transmitida, ela remedeia a insuficiência dos machos e confere ao mais estéril dentre eles uma espécie de imortalidade, que uma operosa descendência camponesa, com pressa de morrer e de esquecer, não lhe teria garantido.

Antoine esvaneceu-se e se tornou um sonho, saberemos qual. Tinha uma irmã mais velha, de quem esta narrativa não falará, pois Élise não falava dela; ignoro o nome de batismo dessa irmã sacrificada, como ignoro o nome do matuto que se casou com ela; mas sei que esses dois só tiveram uma filha, a quem chamaram Marie e que se casou com um Pallade. Esses Pallade por sua vez geraram duas filhas: uma, Catherine, morreu sem descendência (conheci essa ancestral); a outra, Philomène, casou-se com Paul Mouricaud, de Cards, de quem só teve Élise, minha avó; esta, de sua relação com Félix Gayaudon, só pôs no mundo a minha mãe, que deu à luz uma filha logo falecida, e a mim. Eis o que me toca: dessa longa teoria de herdeiras, filhas únicas e cordatas de touca e avental, sou o primeiro homem a possuir a relíquia desde Antoine que perdeu sua posse, mas de quem ela conserva o nome; entre todas essas carnes de mulheres, eu sou a sombra dessa sombra; desde tanto tempo — um século se passou — sou o mais próximo de ser seu filho. Por cima de tantas noivas acamadas e de avós enterradas, talvez nos façamos sinal um ao outro: nossos destinos diferem pouco, nossas vontades não deixaram marcas, nossa obra não existe.

A relíquia é uma pequena Nossa Senhora com o Menino Jesus de *biscuit*, soberanamente inexpressiva num estojo de vidro e de seda que encerra, num fundo duplo selado, os restos ínfimos de um santo. Esse objeto seguiu até mim o filão de que falei, e se casou a todos esses nomes; e todos os nomes que disse estão atestados aqui e ali pelas estelas dos cemitérios de Chatelus, Saint-Goussaud, Mourioux, invariáveis debaixo do sol forte e na geada das noites; e todas as carnes variáveis que habitaram esses nomes apelaram para a relíquia quando estiveram a braços com o essencial, quando em seu ninho vivo o ser se choca consigo mesmo e desse choque aparece ou desaparece, quando é preciso nascer e morrer. Pois a relíquia é um grilo. Foi levada ao leito de agonia deles (era no calor atarefado das colheitas lá fora, os homens de camisa suada voltando para chorar um momento junto do moribundo, depois saindo de volta em seu esforço debaixo do sol, a palha e sua poeira, o abuso de vinho que decupla as lágrimas; ou no inverno triste, quando a morte é banal, nua, de pouco gosto), foi levada antes que o nada vencesse, eles olharam para ela antes de sucumbir, o olhar assombrado de uns com o olhar quieto de outros, beijaram-na ou maldisseram-na, Marie que entregou a alma sem uma palavra e Élise que sob os meus olhos diferiu três noites, e os esposos delas todas, trêmulos e zombeteiros, que mesmo sem fôlego conversaram para negar ainda que o instante tivesse chegado; as mãos que não apertavam mais senão a palidez e o espasmo a apertavam entretanto; e a empunhavam já as más garras de além-túmulo, viciosas e inertes como o prego afundado, mas ainda daqui como as últimas palavras e a esperança inexorável. E o mesmo impávido objeto os havia acolhido quando, não menos terrificados e com todas as forças recusando, tinham saído do flanco da mãe (quando a messe flameja em agosto, ou no triste inverno); pois a relíquia ajudava as mulheres em seu trabalho de parto, quando o nome com grandes gritos se perpetua. Não um grito frágil de criatura recentemente aparecida na estupidez e no tremor, no segredo dos pequenos quartos com lençóis molhados onde uma moça deixava de sê-lo ainda uma vez, ao qual a relíquia não tenha deixado de presidir, triturada pela mãe e sujada pela criança, boneca sempre virgem e banhada de suor, enigmática e reconfortante. Marie a apertou no peito e gritou (e sua mãe Juliette antes dela) até que a pequena Philomène expulsa gritasse por sua vez, ainda sem nome nem rosto; e vinte anos mais tarde, Philomène a apertou no peito e gritou um grito quase nada diferente, e aquilo que estava bem perto de ser Élise gritou; e Élise vinte anos mais tarde e a pequena Andrée, esta um quarto de século depois, e eu próprio, enfim, que não relançarei a redonda.

Não mais do que devia relançá-la Antoine, filho de Toussaint[1] Peluchet e Juliette que o paria nas lágrimas, por volta de 1850.

Ele nasceu em Châtain. É um lugar cheio de árvores mas pedregoso, de víboras, de digitais e de trigo-sarraceno, e as samambaias ali ficam altas debaixo de arcos de sombra azul. Das janelas da aldeia, o menino logo que soube ver viu o

---

1. A palavra "Toussaint", que aqui não traduzimos por estar sendo usado como nome próprio de pessoa, designa a festa de "Todos os Santos", celebrada a 1º de novembro. (N.T.)

campanário de arco rebaixado de Saint-Goussaud, que os musgos roem e vivificam, e sob o pórtico do qual vela um santo nutrício de madeira pintada, cuja casula ingênua de antigo diácono roça o flanco de um touro deitado a que as pessoas daqui chamam de o Boizinho, e reverenciam: o diácono é o bom Goussaud, eremita por volta do ano mil, pastor exaltado ou escoliasta intratável, fundador; o couro do touro está picado com mil alfinetes que as moças risonhas, lacrimosas, desajeitadas, espetam fazendo promessas para conseguir o amor; as mulheres, com mão mais segura e já cansada, desejando engravidar. Como eu, Antoine em criança foi conduzido diante desses Lares; no enorme pulso do pai, sua mãozinha se perdia, tenra, arriscada; o pai baixava a voz, explicava num sopro o mundo inexplicável, como os rebanhos de hálito quente dependem de ídolos de madeira fria, como as coisas pintadas e impávidas no escuro reinam em segredo sobre os grandes campos do verão, num bater de asas mais imperioso do que o orbe do falcão, mais decisivo do que o lance da cotovia. Na igreja que cegam os vitrais musgosos, a noite reinava; o pai enfim bateu a binga. Os mil alfinetes faiscaram a uma só vez na chama do círio; a casula estremeceu, as mãos de ocre lá em cima se abriram; e revelado, interminável, o olhar do santo, irônico e ingênuo, baixou sobre o menino.

(Talvez mais tarde, quando fez dezesseis ou dezoito anos, tenha ele vindo dizer adeus ao grupo carunchado e eriçado dos pequenos desejos pontudos das mulheres, buscar aí a confirmação daquilo que, em criança, o tinha cativado sem querer; verificar o seguinte: que o que lhe importava — fúria de abandonar, santidade ou assalto em estradas, pouco importa o nome da fuga, recusa e inércia em todo caso — era do interesse não de todos, não das seculares picadas de alfinetes em que cada um se conduzia pela sua marca ínfima e por seu desejo parcelar, mas de um só, de desejo maciço, fundador estéril e solipsista, o santo de olhar de madeira. Como esse monge de Goussaud outrora, violento sem dúvida e vão imoderadamente, que se enclausurou na floresta daqui com a esperança raivosa de que viriam suplicar-lhe aqueles que debaixo de apupos o haviam expulsado das cidades, e cuja efígie hoje comandava as messes de cinco paróquias, inflamava as moças e fecundava as mulheres, e, para terminar, abria às crianças pródigas a violência dos caminhos, como esse monge e como todos aqueles que reavivam sua brasa das cinzas com que a cobrem, era preciso ver-se recusar tudo para ter uma possibilidade de possuir tudo. Eu o imagino, rosto inesquecível neste momento e que todos esqueceram, redescobrindo esse lugar comum formidável; imagino-o, Antoine imberbe ainda, saindo para sempre dessa igreja sempre noturna, com a raiva e o riso crispando-lhe a boca, mas entrando no dia como em sua glória futura.)

Que dizer de uma infância em Châtain? Joelhos esfolados, varinha de aveleira para enganar os dias e curvar os matos, "roupas fedendo à feira", e velhotes, monólogos em patoá debaixo das sombras luxuosas, galopes sobre feixes mirrados, cisternas; os rebanhos não variam, os horizontes persistem. No verão, a tarde mantém-se no olho de ouro das galinhas, as carroças imobilizadas na calmaria levantam o quadrante solar de seu timão; no inverno, o bando dos corvos domina a região, reina sobre as tardes vermelhas e o vento; o menino nutre o seu torpor de lareiras e de geadas sonoras, pesado faz levantar-se aves pesadas, admira-se de que seus gritos se embacem no ar gelado; depois vem outro verão.

Seus pais, suponho, amam esse filho temporão. Juliette tem silêncios; com um pão debaixo do braço, ela pára, põe um balde na soleira e a pedra mais cinzenta bebe a água fresca, ou ativando o fogo ela vira a cabeça e uma bochecha resplandece quando a outra escurece, olha o Jesus, o pequeno ladrão, o último dos Peluchet. O pai é grande: vemo-lo pequenino no campo e sem demora ele se enquadra ali na porta, alto como o dia e todo de sombra, com uma canga às costas ou seu fuzil de pedra, e estende para a criança um ramo, um punhado de giestas. Ele é amoroso: um dia faz para Antoine apitos de casca verde de árvore, olmeiro ou faia; o facão assume precisão de agulha; a seiva pinga em pérolas pela madeira nua; na mão pedregosa o apito é leve como uma pluma, frágil como um passarinho; o menino sério assovia com aplicação, o pai tem grande alegria. Enfim, ele é bruto.

Em Saint-Goussard há um mestre-escola, ou um vigário com pruridos de cultura, que a dispensa. Já em novembro, no rude de janeiro e até as lamas de março, de madrugada o menino carrega seu pau de lenha, instala-se no odor de batina e naquele, sarnento, das crianças aldeãs, ano após ano aprende trabalhinhos: que as palavras são vastas, que são duvidosas; que a erva-dos-mendigos também se chama clematite, que as cinco ervas-de-são-joão, com que se fazem cruzes pregadas nas portas dos estábulos, são assim como a erva-de-são-roque, erva-de-são-martinho, santa-bárbara ou são-fiacro, verbasco, escabiosa, e círsio; que o patoá não é coextensivo ao universo, e o francês também não; que o latim não é só o violino dos anjos: que ele carrega presenças, nomeia a alegria que se sente em dormir e a que se prova ao acordar, suscita a árvore e a orla tanto quanto as chagas do Salvador, e ela mesma é insuficiente; finalmente, e talvez seja a mesma coisa, são de ouro outros objetos que não são cibórios, alianças, luíses.

Não estou inventando nada aqui: existe — e a esta hora animais cegamente a minam, mochos vagos à noite a cobrem de titica —, existe no sótão de Cards uma arca a que Élise chamava "a caixa de Châtain" e onde dorme o agro vestígio caído da Casa Peluchet: entre *Almanaques dos pastores,* alguns cardápios de núpcias e velhas faturas indicando recepção de barricas ou de esquifes, tocos de vela, três livros me são testemunhas, três livros incongruentes e maravilhosamente certos onde o universo cabe quase inteiro, três impensáveis livros que trazem a assinatura desajeitada, legível em excesso e em plena página, de Antoine Peluchet. São, numa edição de mascate, *Manon Lescaut,* uma regra de São Bento a despencar, e um pequeno atlas.

O menino cresceu, já é adolescente. Os livros já estão ou não em sua posse, pouco importa; suas roupas continuam fedendo a feira; abaixo do boné, tem dois olhos grandes e escuros que fogem, e provavelmente uma alma excessiva, esfomeada e nada tendo para devorar senão a si mesma, de início desanimada. É tão grande e forte quanto o pai, mas os braços não lhe servem para nada, não abraçam, gostariam de quebrar e caem; na igrejinha enterrada e imbuída de seu cheiro de túmulo, o Santo, o Inútil, o Beato, vela sobre o grão e estraga a colheita, com as mãos imperiosamente abertas, imponderáveis.

É então de se imaginar que um dia Toussaint notou no filho — e a partir daí não cessou de notar — alguma coisa, gesto, palavra ou mais provavelmente silêncio, que lhe desagradou: um apoio muito leve nos cabos do arado, uma preguiça de viver, um olhar que permanecia obstinadamente o mesmo, quer pousasse sobre centeios perfeitos quer sobre trigos em que se abatera a tempestade, um olhar igual à terra inumerável e sempre a mesma. Ora, o pai amava seu torrão: quer dizer que seu torrão era seu pior inimigo e que, nascido nesse combate mortal que o mantinha de pé, fazia-lhe as vezes de vida e lentamente o matava, na cumplicidade de um duelo interminável e começado bem antes dele, ele tomava como amor o seu ódio implacável, essencial. E sem dúvida o filho entregava as armas, porque a terra não era sua inimiga mortal: seu inimigo mortal era ele, era talvez a cotovia que voa muito alto e muito lindamente, ou a vasta noite estéril, ou as palavras que roçam em torno das coisas como roupa usada comprada em feira; e com quê, nesse caso, medir forças?

Depois houve aquela noite terrível, e não duvido de que tenha sido na primavera, na ausência de lua, sob o pesado encanto dos fenos e de um céu de rouxinóis. Os homens (pois também Antoine agora é um homem), os homens voltaram tarde para casa, com as axilas febrentas pelo cabo das foices, um sol gigante a empurrar suas sombras compridas que se entrechocam sobre as pedras ruins do caminho; o observador fictício, esparso com a tarde no odor do grande sabugueiro em frente da porta, vê-os entrar, mesma silhueta e boné suado, nucas igualmente queimadas, vagamente mitológicos como sempre são pai e filho, duplo tempo se encavalando no espaço deste mundo. O pai se lembra e vai urinar debaixo do sabugueiro: ele tem um olhar terroso e parece mastigar alguma coisa preta. A porta volta a fechar-se, a noite paciente chega. Acende-se a vela, vêem-se os três pela janela debruçados sobre a sopa; a concha na mão de Juliette vai e vem, uma grande borboleta assustada bate nas vidraças; corre o vinho, muito vinho, só no copo do pai. De repente ele olha para Antoine, rosto de tinta preta na penumbra; um pouco de vento agita as umbelas medrosas do sabugueiro, elas se inclinam, esbarram na vidraça; da vela jorra uma luz mais clara: nesse olhar desvelado de Antoine, essa arrogância, essa dignidade sem causa e exasperada, indiferente. Então alguém grita na cozinha, uma grande sombra gesticulante salta nas vigas e depois se arrasta, cadeiras atingidas desmoronam. Quem está escutando em vão no sabugueiro? Apenas ultrapassa as paredes espessas o ralar da tempestade, de tambores, o rumor insensato como de pedras ocas que alguém remexe, que faz soluçar as crianças e preocupa os cachorros, a voz de extravagância antiga e desastrosa da família em seu estado supremo. O pai, de pé, empunha e agita algo que lança por terra, um copo cheio, um livro talvez, e os grandes punhos descarregam sobre a mesa verdades que não se entende, as únicas verdades, as verdades simplórias, terríveis e desvairadas que falam de avós, de mortes vãs e de permanência da desgraça. E lá naquele canto, corpo pobre encolhido no canto do armário pobre, sombra aspirante a mais sombra, que faz a mãe, que desistiu de recolher as miseráveis louças quebradas? Ela soluça talvez ou se cala ou reza, ela sabe de uma coisa, é culpada. Finalmente a velha arrogância patriarcal recupera o seu velho gesto definitivo, a mão direita do pai se estende para a porta, a vela se inclina, o filho está de pé; a porta se abre como uma laje de túmulo, a luz bate no sabugueiro que treme suavemente, interminavelmente. Antoine por um instante se enquadra sobre a soleira da porta, escuro na contraluz, e ninguém sabe, sabugueiro, nem pai nem mãe, quais são então as suas feições; alguns rouxinóis lá em cima ampliam a noite, esboçam as estradas do mundo: que esses caminhos musguentos debaixo dos seus pés sejam de bronze, de ferro sobre sua cabeça esses céus cantantes. Ele parte, não é mais daqui. E ali se trama talvez ainda, entre o pai sempre vociferando ou de repente mudo e com a cabeça entre as mãos, o filho fora de vista cujo passo decresce que nunca mais se ouvirá, e o observador quieto, espectral, inexistente, misturado às flores do sabugueiro e o próprio sabugueiro, desaparecendo mais do que um perfume na noite, mais vão do que a floração breve do ano de 1867, trama-se ainda uma vaga realidade, brutal e pesada, como de velho quadro ou de capitel romano, uma realidade que avisto pela metade e não compreendo.

Apaga-se a vela, um rouxinol se evade do sabugueiro; ouve-se talvez para o lado de Saint-Goussaud ranger a porta carunchada da igreja — mas é também a de um estábulo, ou dois galhos inimigos numa brenha. Fogem estrelas, ou salamandras de ouro quando se bate a binga atrás dos vitrais banhados de mato. De que mais se queixa a noite, onde cães se extenuam, cegos e tonitruantes? Que velho drama de família se perpetua na garganta dos galos? A sombra recurvada em báculo das samambaias vai-se espessando na subida. Espadas de luz barram o caminho, a menos que seja a lua finalmente erguida, sobre as bétulas. Deixemos esta folhagem; o sabugueiro pereceu, creio eu, por volta de 1930.

Resta-me Toussaint.
Outro dia surge. Ainda é preciso ceifar, por exemplo, o campo de Clerc, que não é mais que uma encosta, uma grota de nevoeiro no sopro negro dos pinhais, rumo ao desfiladeiro de Lalléger; ali só se ouve uma foice; placas soltas de geada furam a bruma, da terra saem injúrias, mal é erguida

já recai a foice invisível. Quando a bruma se levanta, os Jacquemin, Décembre, os filhos de Jouanhaut, que ceifam também na direção de Lalléger, vêem o pai sozinho: ele ceifa no sentido contrário da inclinação. Meio-dia não o acalma, o sol a pino da tarde o exaspera como uma mutuca, ele ceifa até a noite plena. Os filhos de Jouanhaut, que foram os últimos a sair, com risadas, já estão há muito tempo diante da sopa; sozinhos testemunham os grandes pinheiros, inabordáveis e próximos, em si mesmos e só para eles cochichando, surdos a tudo que não é o seu luto: o pai entre os dentes invoca sobre eles o fogo de Deus, e volta para casa.

Imaginemo-lo nesse caminho escuro. Nenhum daguerreótipo o perpetua, mas que o destino nesse instante lhe forneça um rosto — ou o acaso: a noite é propícia aos falsários. Seu retrato, afinal, não é mais difícil do que aquele, tão exato, de seu rival aureolado lá na igrejinha. O rosto que se adivinha é espesso mas traçado fortemente: a quina do nariz, curtida, brilha e puxa para si as bochechas altas, as sobrancelhas precisas; um ar grandioso portanto; o bigode lá embaixo é o dos mortos daquele tempo, o de Bloy e dos generais sulistas: poderoso e maquinal, próprio ao uniforme e ao patriarcado, às poses rígidas. Pára às vezes e levanta a cabeça na direção das estrelas: é para saborear o instante próximo em que, debaixo da lâmpada, ele verá Antoine de volta, o menino dos assobios de álamo que lhe sorri; vêem-se então os seus olhos calorosos, maliciosos e como que infantis. Depois ele vai de novo embora mais depressa, o boné o escamoteia, e só há a mandíbula de pau, brutalmente desesperada. É um velho. Quando toma o atalho de Châtain e se olha para ele vindo, parece-se muito com o que foi Toussaint Peluchet: mas não nos engane esse andar pesado de camponês; pois ele carrega nos ombros algo de reluzente e mágico, de peremptório como a harpa de um rei caduco inventor de salmo, ou de um alfanje de lansquenete envelhecendo, que vê na noite coisas que não existem, chifres súbitos na frente das sebes ou pés forqueados nos passos esculpidos dos bois: uma foice, que põe diante da porta e ela cai com grande ruído sobre a soleira de tanto que sua mão treme. Antoine não está presente.

Juliette — cujo invólucro mortal, em meu espírito e nestas páginas, é quase totalmente erodido, como ela deve ter sido em vida, escamoteado sob múltiplos aspectos, o toucado à Chardin e os atavios informes de madona ingênua ou de anciã, mas que no entanto devo imaginar já curvada, puxada pelos anos e ainda com dois olhos grandes e belos —, Juliette está de pé, apertando talvez um espaldar, um rebordo, com uma mão e segurando na concha da outra, como um pássaro encolhido depois da chuva, a relíquia. Ninguém morreu, entretanto, e ninguém aparentemente vai nascer. O pai olha para ela suplicante, mudo; pode-se também pensar que ele se zanga: por que Antoine tinha de tomá-lo ao pé da letra? Por sua vez, segura-se a um móvel, a um espaldar; senta-se demoradamente, levanta-se e fica de pé: é ela então certamente que se senta. Não há mais que o barulho igual do relógio de parede, e fora, vagamente, os mesmos pássaros de ontem; ela se levanta: assim a noite toda, em que a vela se consome até o fim (mas já é a madrugada de junho), os dois depositários do filho imploram o futuro fosco e oco, percorrem a pobre memória inesgotável, pesando sobre eles o instante com todo o seu peso de céu noturno. Ou isso tudo talvez, essa consciência de um tempo doravante quebrado em que o passado desmedidamente vai crescer, é prematuro: esperam Antoine, a tremer, a se certificar e a se atormentar um ao outro, enquanto a paixão da esperança em seu turbilhão os agarra, os rejeita, deixa-os como mortos insuflando-lhes a vida, um pouco de vida que ela retoma, lança fora aos cães, traz servilmente de volta com um lampejo de lembrança, um esquecimento breve, o reflexo pontual de um badalo de relógio.

    O pai esperou um, dois anos, talvez dez. A persistência monótona dos trabalhos e dos dias preenche esse tempo, que eu eludirei. O pai entrementes amadurece, germinou nele o grão da ausência, quando se podia crer que só perecia a esperança; um dia, finalmente, deve-se pensar que ficou quite com o real.

    Houve alguns acontecimentos. Um cabriolé de dois cavalos que cheirava a cidade, a escritório de advogado ou a cartório parou um dia diante da porta; mal se teve tempo de ver descer, de costas, silhueta estranha e breve como romance russo sobre os campos lamacentos, um homem jovem, todo de preto e de cartola de seda, que se engolfou pela porta negra. Toussaint tirou o boné, levou a mão ao bigode; Juliette serviu ao visitante um copo de vinho; ele bebeu ou não bebeu; olhou para a lareira, sentou-se e falou: ninguém sabe de quê.

    Em seguida, numa das manhãs de Pentecostes em que o santo flanqueado pelo boi, içado num andor que homens levavam aos ombros, pobremente opulento entre mãos rugosas, sai em face dos caminhos, refresca-se às folhas novas, com os dois braços chama a si os mortos e livra do mal os vivos, e, entre gente do campo e padralhada, sorri lá no alto, impassível e dourado no céu azul ou na chuvada, viu-se isto: como o antigo Patrão com as mãos abertas e não menos que ele ausente, figurando uma sombra ou um desejo, perpetuando alguma coisa que não foi talvez, Toussaint Peluchet o taciturno sorria. Na lanterna dos mortos, o santo como sempre parou, com um olhar igual mais uma vez verificou os vales profundos, os bosques, as aldeias e seus corações sofredores, o horizonte vasto de suas paróquias; pequenos camponeses de sobrepeliz agitavam guizos, um vento frio passou num silêncio, frases latinas se perderam, os aldeões se ajoelharam; um pouco afastado, de pé, "magnífico, total e solitário" como Imagem parada, arrogante como um diácono e paciente como um boi, o pai sempre arrebatado segurava na mão ardente algo que não se via, como se segura uma pena ou a mão de uma criancinha.

Noutra ocasião — e isso ninguém viu, senão as paredes da velha casa de fachada cega, ereta, violenta e muda —, no quarto de Antoine, ele abriu a tremer um dos três livros. Talvez a expressão, confusa de ser tão clara, e a mecânica incompreensível das paixões que, estupefato, compreendia, em *Manon Lescaut,* espantaram-no mais do que tudo o que tinha ouvido até esse dia, mais do que o espantaram nessas mesmas páginas as hospedarias e as fugas noturnas em carro fechado, a filha perdida e o filho falido, as causas múltiplas das lágrimas, a morte escrita. Talvez um velho monge (um daqueles, ou que pouco falta para isso, que outrora haviam transportado a relíquia, num burro coberto de pancadas e arriando ao peso das urnas, espectro entre o exército espectral dos clérigos espantados olhando por cima do ombro queimar o ermitério, numa gritaria de sarracenos ou de avares — a relíquia que Juliette embaixo na cozinha não largava mais), talvez esse velho monge glosador de Bento lhe insuflasse, ao acaso da primeira página aberta, que "se um dos irmãos se mostra apegado a alguma coisa, importa que logo seja privado dela", e se por si mesmo ele elimina essa alguma coisa, sua salvação mais áspera será por isso mais segura. Talvez o atlas lhe tenha ensinado, com uma simbólica rígida que de início entendeu mal, que todos os pontos da terra cultivável ou não se equivaliam sob os mesmos signos, como aos olhos de um santo de madeira alguns cantões maltrapilhos; e mais seguramente esse livro lhe abriu os caminhos do filho, todos os desfechos possíveis de uma errância começada numa tarde de ceifa de feno da qual era ele, Toussaint, o instrumento, todos os caminhos possíveis menos a morte: o filho estava lá, em alguma parte debaixo de seus olhos, ou não estava mais. Anoitecia; Toussaint, erguendo a cabeça, viu pela janela o que Antoine criança tinha sempre visto: o campanário ao longe, a distância impalpável que lhe traz o ângelus, a cotovia suspensa ou um corvo como um trapo preto; abaixo da cotovia, alguns ares da terra dos Peluchet: seu olhar os aflorou como se tivessem sido pintados, voltou à cotovia viva, ao azul do campanário.

(É possível também, mas pouco provável, que não entendesse coisa alguma de tudo isso; fechou brutalmente o livro e, em meio a blasfêmias, bebeu com cólera até a embriaguez: era, como se sabe, um camponês já velho.)

Finalmente, certo ano, o Fiéfié da família Décembre ajudou-o na lavoura; voltou naquela primavera, no verão, e cada vez com maior freqüência. Era um ser um pouco simplório e dado à bebida; devia falar depressa demais e abundantemente; tinha de ser muito magro e de mão trêmula, de ter os olhos lacrimejantes da febre de uma face tijolo, desabada. Ficava numa mansarda já abandonada naquele tempo e da qual conheço hoje as ruínas, no meio do mato, longe de todos por necessidade mais do que por gosto, perto de Croix-du-Sud. Pouco a pouco tinha-se afastado dos Décembre, seu pai e seus irmãos, e tinha descambado pela ladeira suave e maquinal dos biscateiros beberrões: vivendo de nada, mas com mais vinho do que beberiam quatro, tendo diluído nesse filtro a imitação dos ascendentes e o gosto de uma descendência, os ínfimos ares reservados e os orgulhos tolos e secretos que fazem a honra dos humildes; olhando como qualquer pessoa as coisas sem que se soubesse o que nelas via; não sendo nem homem maduro nem rapaz envelhecido, mas simplesmente bêbado; por toda parte um pouco ridicularizado ou maltratado pelos piores, mas acolhido à mesa porque tinha dois braços que devia usar durante a semana, se quisesse no domingo magoá-los com álcoois negros, desligar-se deles como se tinha desligado de tudo. Nesses dias, ao sair turbilhonando dos botequins de Chatelus, Saint-Goussaud, Mourioux, desabava para passar a noite em qualquer estábulo, nos dóceis feixes de capim, e falava longamente consigo mesmo na escuridão dos risos de orgulho, dos decretos e das exaltações, até que os meninos da aldeia a passos furtivos chegassem e, lançando-lhe em pleno rosto um balde de água ou em sua camisa o brilho frio de uma cobra-de-vidro, carregassem sua realeza frágil, esparramada, em risos que fogem.

Foram vistos juntos, pois, Fiéfié a claudicar, caprizante, na sombra do velho sempre bem ereto, dominador, distante. Eles atrelavam os bois no patiozinho e partiam solenemente, Fiéfié no timão chamava as pesadas testas amarradas, ralhando com elas em grandes explosões de voz gritalhona, saltitando e contrafeito como um peão ou um bufão elisabetano, e o velho bem de pé à frente da carroça, rígido, com o bigode todo branco agora, as rodas a ranger debaixo dele, conformava-se também às imagens, reis derrotados ou velhos e de qualquer modo vencidos, *lairds*[2] furiosos e incapazes, abdicatários. Por vezes sua voz grossa e breve caía na cernelha obtusa dos bois, em Fiéfié a quem injuriava; mas talvez ele fosse alegre e sorrisse, e isso só Fiéfié e os caminhos souberam. Eles voltavam a casa; Fiéfié da adega subia com mais um litro, sentava-se, perdia-se; a mãe, disforme e sempre gemendo sob a cidadela arruinada das saias pretas, resmungava, preparava não se sabe o quê, estava ausente; e o velho lá dentro, que não bebia nem gemia, encantado talvez, nostálgico ou seguro de si, o velho, parece, falava.

Por essa época, nos cafés de Chatelus, Saint-Goussard, Mourioux, nos dizeres nascidos do vinho que o cansaço decupla, no palavreado dos diaristas, e daí para as casas aonde os homens os levavam com a necessidade briguenta de falar, confrontada à mulher, passadista e inelutável das noites de bebedeira, Antoine ressuscitou.

Ele estava, dizia Fiéfié, na América. Fiéfié na verdade não tinha nenhum crédito, e teriam zombado muito dele se soubessem que por sua boca e embora traído, decepcionado, era o outro que falava, o velho desterrador, o enigmático, o peremptório. Deram-lhe pois ouvidos desconfiados, secretamente exaltados e invejosos, como se dão aos profetas, de quem quero acreditar que Fiéfié possuía o órgão chiante e o jeito descabelado, a casa feita de galhos de mato. Falou-se então da América e da sombra de Antoine lá; e Fiéfié como seus ouvintes viam na América um país parecido com os cantões limítrofes daqueles que se conhecem por ouvir dizer, mas aonde nunca se foi, adiante de Laurière ou de Sauviat, na outra vertente do morro Jouet ou do Puy des

---

2. Palavra de origem escocesa que designa um latifundiário. (N.T.)

Trois Cornes[3]: um lugar afortunado mas perigoso, degolador e caravançará, onde existem montes sinais e canaãs de festa aldeã; cheio de moças perdidas mas que amam você, e de destinos esplêndidos ou desastrosos, ou os dois juntos, como são os destinos no país do só dizer. Viam lá Antoine, o pequeno Antoine com traços quase de menino que lhe conheceram dez anos antes e que não envelhecia nunca, e lhe atribuíam talvez alguma ocupação suspeita ou fatal que conviesse à sua arrogância, à sua suavidade cabeçuda, a seus silêncios; cafetão ou mecânico, de boné de apache sobre o olho ou conduzindo uma locomotiva em ritmo infernal, e com os olhos, então, no rosto enegrecido mantinha sempre aquela dignidade valente, indolente.

(Por certo então os reinados dominicais de Fiéfié — a respeito de que me pergunto o que é que ele podia entender de tudo isso, como podia estar à altura de seu mandato de arauto do pai, de elo na história do filho, simplório que era e certamente incapaz de alinhar dois pensamentos corretos, mas dedicado a Toussaint e tendo-se apropriado nos lábios da palavra "América" indefinidamente repetida, essa palavra que era para o pai o que a relíquia era para a mãe, portanto transmissível também, e resumindo todas as ficções possíveis e a própria idéia de ficção, isto é, o que ele, Fiéfié, não teria jamais, que não existia e, no entanto, misteriosamente, era nomeado —, certamente o reinado dominical de Fiéfié, esse trono de palha obscura e esse cetro de embriaguez, essa realeza grandiloqüente dedicada às aranhas, ultrajada de baldes de água e de negrumes de crianças, tornou-se um inimaginável reinado sobre uma só e pobre palavra.)

---
3. Topônimo cujo equivalente em português seria "Pico dos Três Chifres". (N.T.)

Antoine tinha escrito, do Mississipi ou do Novo México, país bárbaro para além de Limoges: e nada, afinal de contas, me permite com rigor afirmar que essas cartas, que ninguém viu, não foram. Talvez o seu signatário conduzisse mesmo locomotivas negras debaixo do sol amarelo do longínquo El Paso; talvez a segunda corrida para a Califórnia tivesse carregado um fiapo da alma de Châtain em sua onda de carroções, de rixas, de garimpeiros ferozes e de canduras perdidas; talvez caminhasse cercado de um aparato místico, viril maciçamente, *stetson* confederado e *colt yankee* vendendo o pior e ladrão de cavalos: de noite tocando à sua frente multidões de chifres em correria pela fronteira, ele se lembrava, diante e abaixo de um santo, de um boizinho dócil; ou, "sóbrio sobrenaturalmente", vivia como burguês de um pequeno ofício, num pavilhão de madeira à beira do deserto, com uma mulher que era vista como sua esposa legítima, que ia à missa de luvas brancas na igreja batista, mas que ele tinha ganhado num jogo de dados num bordel de Galveston ou de Baton Rouge. Ou ainda, lasso diante de costas mais distantes, ele teria se largado nas Antilhas, sobre um outeiro violáceo no regaço de uma namorada, a menos que nos Açores, como o marujo das *Memórias de além-túmulo,* que não tinha lido, se tivesse feito beneditino. Aí está o que eu pensaria. Mas ele, Toussaint, não dispunha do material necessário para pensar isso, farrapos de linguagem, imageria de Épinal e de Hollywood; da América, ele desesperadamente nada podia representar-se; entretanto, sabia que o filho tinha duas pernas, que no mar talvez um vapor tivesse revezado; sabia o que eram uma locomotiva, o gosto pelo ouro e um bordel, e pôde imaginar Antoine num desses três estados ou três lugares: os elementos que ninguém conhece, o que ia manuseando diante deles para embasar o filho americano, eram outros diferentes dos meus, mais restritos sem dúvida nenhuma, mas de arranjo mais rico, mais livre, mais admirável; enfim, no pequeno atlas, ele tinha lido estas palavras: El Paso, Galveston, Baton Rouge.

Ele as tinha lido. O atlas hoje se abre com toda naturalidade na página mais amarelada da América do Norte. Os nomes que eu disse das cidades que eu disse estão grifados com um lápis desajeitado, com traço espesso e grosso como fazem as marcas de marceneiro.

Será preciso dizer que o pai pouco a pouco largou seu quinhão, aqueles oito ou dez hectares de trigo-sarraceno disputado, às urzes, aos cascalhos, aquele triste relicário dos dias perdidos e dos suores vãos de trinta gerações de Peluchet, de que a indiferença do filho o havia excluído, na tarde em que tudo isso, intratáveis cascalhos e suores enterrados, se tinha erguido à direita do pai e o tinha levado para fora com todo seu peso de pedras e feixes, de ancestrais enterrados? O velho agora se batia com coisa bem diversa. Fiéfié confusamente cultivava aqui e ali, gesticulava, jogando pedras nos corvos, pilheriando com os bois; as urzes, como se de seu tugúrio ele tivesse trazido sorrateiramente sementes delas, ou, em suas mãos sangrentas de noite de bebedeira, mudas, prosperavam; no prado do Clérigo, giestas tinham altura de homem; sabugueiros medravam em pleno campo, poeira branca que pequenos sopros, vôos espantavam. O pai, autor dos dias do filho e Autor agora de sua parte noturna, de foice maquinalmente aos ombros mas agora tão ociosa e soberba quanto a harpa do rei salmista, lentamente percorria os caminhos, falava sozinho, concebia El Paso. Postava-se diante de Fiéfié e olhava o que ele fazia, taciturno mas impávido, mal chegando a ser cúmplice: com uma aplicação risonha o palhaço gesticulava mais depressa, saltava de terrão em terrão e atiçava os bois, fazia o seu serviço; o pai satisfeito alisava o bigode, retirava-se à sombra de uma orla e sentava-se à vontade apoiado a um tronco; o sol se punha sobre a terra mimada; enquanto isso, o filho distante, o glorioso corpo americano, ganhava seu ouro na Califórnia.

Eles, pois, nos campos, mas inúteis e celebrando não se sabe o quê, como se estivessem numa igreja, numa praça de feira ou num palco de teatro; e lá adiante, na casa preta que se descobre na virada das sebes, a mãe, nos lábios de quem jamais passou a palavra América, de relíquia na mão, resmungava os nomes de Santa Bárbara, de Santa Flor, São Fiacre.

O real, ou aquilo que se quer dar como tal, reapareceu.

Imaginemo-los, Fiéfié e Toussaint, numa madrugada de bruma, de saída para a feira dos porcos em Mourioux. Eles têm pérolas de neblina nos bigodes. Estão felizes atravessando os bosques, com seu papel em mãos, vivendo eles próprios sem pedir a quem quer que seja ratificação de sua alegria modesta, inventada modestamente; tocam à sua frente, não sem cerimônia, alguns porcos indóceis; contam piadas: aproveitem desse instante em que ouço a voz deles na subida das Cinco-Estradas. Chegam a Mourioux. Situemos ali, entre a igreja imutável e reta, os escudos dourados perdidos na glicínia florida ou desflorida da fachada do tabelião, e a janela onde eu poderia escrever estas linhas, o lugar, que foi talvez este ou outro bem parecido, onde a verdade segundo Toussaint Peluchet vacilou. Feita a feira, foram beber no café de Marie Jabely com alguns corretores. Bem depressa, sem dúvida, Fiéfié perdeu o controle, abandonou as negociações e se pôs a falar alto e forte segundo o seu coração: a América apareceu entre os que estavam bebendo, e Antoine valentemente caminhava sobre aquela terra santa, fazia grandes gestos para todos os daqui. O velho, enterrado na gravata preta e no colarinho duro dos dias de feira, de casamento, com os trajes rígidos e fabulosos de outro século absurdamente pendentes nos ombros acanhados dos camponeses, o velho não soltava uma palavra e deixava perorar, orgulhoso, tácito, indulgente como um Autor abandonando a seu negro a tarefa ingrata e subalterna dos diálogos. Então, de um grupo de jovens uma voz maliciosa e categórica levantou-se de repente, a voz de um filho dos Jouanhaut que estava de volta, um pouco janota penso eu e pretensioso, com sapatos de verniz ou ainda com suas grandes dragonas de sargento, de Rochefort onde ele havia feito o serviço militar; a voz enfatuada, categórica e pretensiosa como a própria realidade entrando de botas envernizadas num botequim do interior, afirmou isto: o filho não estava na América, viram-no por estes lados aqui. Acorrentados e dois a dois, debaixo dos apupos das peixeiras, embarcavam no porto para os galés de Ré.

O pai não pestanejou: olhava longamente para a frente, como que entorpecido. Pesadamente pôs o chapéu, pagou sua bebida, em voz alta cumprimentou e saiu. Fiéfié se exaltou mas já não o ouviam mais, faziam um círculo em torno do iconoclasta; sua palavra espantada voltou a ser aquela, sem eco, de um bêbado um pouco simplório. Cambaleando ao peso de uma cólera demasiado grande que o tornava estúpido, passou a porta por sua vez: com desolação, com uma dor aguda que o estupefez por não ser imputável nem à falta de vinho nem ao riso dos meninos, o palhaço viu o velho bem ereto a esperá-lo de pé junto do bebedouro, encostado ao murmúrio sempiterno e cristalino do fio de água, sob a glicínia. Que voltem a Châtain debaixo de chuva, com a noite pouco a pouco a apertá-los em seu manto de castanheiras, Fiéfié regougando como uma raposa em caça, e os únicos pesados sapatos ferrados do velho.

O novo episódio da história de Antoine deu a volta pelos cantões, onde a sua lógica sombria o acreditou. Os sábios mexericos, que exaltam as efusões brilhantes e decuplam o esplendor pela queda, apossaram-se dos galés como haviam feito com as Américas, mas como se aqueles fossem o coroamento destas, uma seqüência, escrita com mão diferente e mais negra, mas digna de seu antecedente e para dizer tudo necessária. O velho tinha achado que ia economizar a cruz: sua história era talvez prematura, e certamente incompleta. Na Ascensão cedo demais gloriosa, o janota, o judas, oferecia a prenda de um *Ecce Homo*.

O que realmente aconteceu, ninguém sabe; os velhos podem ter sabido (não garanto) depois da passagem incongruente do mensageiro de cartola: mas nada nos dirá quem foi este nem qual foi sua mensagem. Antoine talvez tenha ficado feliz e americano; ou, galé, soberanamente investido do boné listrado, perambulava pelo porto de Rochefort "onde os forçados morrem firmes"; ou os dois, na ordem que se quiser: pôde-se embarcá-lo a chicotadas, em Saint-Martin-de-Ré para Caiena, na América, para cumprir longinquamente a ficção paterna tanto quanto as profecias carcerárias esparsas no pequeno *Manon Lescaut,* que ele lia com amor. Mas igualmente pôde ele desaparecer na solidão vulgar de um indizível emprego de loja ou de escritas, em quarto desbotado de hotel que a luz esquece, na periferia de Lille ou de El Paso; sua soberba desempregada não o terá abandonado.

Ou, finalmente, escritor falido antes de ser e de quem ninguém nunca lerá as pobres páginas, terá terminado como o pequeno Lucien Chardon se o punho de Vautrin não o tivesse salvado das águas: a infância amada e rompida desastrosamente, o orgulho feroz, um santo patrono obscuramente inflexível, algumas leituras ciumentas e canônicas, Mallarmé e quantos outros como contemporâneos, o banimento e o pai recusado; e que faltasse como de hábito um fio de cabelo, quero dizer outra infância, mais citadina ou abastada, nutrida de romances ingleses e de salões impressionistas onde uma mãe bonita segura na mão enluvada a sua, para que o nome Antoine Peluchet ressoasse em nossas memórias como o de Arthur Rimbaud.

Juliette desistiu; ela morreu. Os dois outros sobreviveram e sem largar mão. Quanto ao pai, nada parecia mudado; revelação que para ele não chegava a sê-lo, ou heresia que ele poderia ter cortado, a palavra do filho dos Jouanhaut não o provocou. Não entrou na polêmica: só no campo o seu passo ficou mais vivo, como se alguma urgência o puxasse, e mais sonoros, mais imperiosos, os nomes de cidades longínquas lançados a esmo; chamava os seus desaparecidos e os seus desaparecidos talvez lhe sorrissem, precavidos como são eles todos; ele carregava garbosamente sua foice; e, nas noites em que para os lados de Chatelus festeja-se São João ou Nossa Senhora de Agosto pelas grandes fogueiras que desenham o horizonte, olhava longamente para os clarões e ali via, lindinha como aos vinte anos, Juliette subindo na noite para o filho.

Ele estava operando na lenda; Fiéfié entretanto, que o seguia como a sombra, que tinha sido sua palavra e que era sua sombra, Fiéfié ficava na terra e sofria. A cada domingo incansavelmente refazia a experiência da derrota, nos cafés de Chatelus, Saint-Goussaud, Mourioux, onde o vinho não tinha sabor senão de vinho, onde a derrisão tinha voltado a ser seu quinhão que não podia mais agüentar: porque o tinham escutado uma vez e, tendo experimentado o assentimento dos outros na palavra soberana que o tinha investido por um instante, não podia sofrer a frivolidade de seu público e sua defecção total repentinamente sobrevinda, irremediável. Sentava-se sem uma palavra às mesas coxas onde virava o primeiro litro de manhã, e lacrimejando, estupefato, com os olhos lamentosos, bebia sozinho até a noite. Então um gaiato soltava a palavra América: Fiéfié se apossava dela; de rosto bufão e profético, tenso, com uma máscara beata se revelava; hesitava um pouco, mas os pérfidos olhares e a ferroada do vinho o decidiam e, vermelho, apressado, convencido, de palavra em palavra se exaltando, meio levantado, um pouco mais, de pé, publicava a inocência do filho, o reinado distante do filho, a glória do filho. As grandes risadas estrondavam de repente e sufocavam, e como lá longe, sob o porrete dos beleguins das galés, o pequeno Antoine de pés e mãos atados era jogado ali, no botequim. Depois as injúrias, as pancadas, as cadeiras derrubadas e, em Mourioux entre baforadas de glicínia, junto do cemitério ventoso de Saint-Goussaud onde Juliette derrotada dormia, em Chatelus na praça em declive plantada de olmos e por toda parte na noite, Fiéfié magistralmente se derretia, deblaterando, remastigando a América com sangue e cascalho até o sono cheio de solavancos em que via Toussaint e Juliette, ele soberbo e ela sorrindo como uma recém-casada, levados a galope vertiginoso no cabriolé que Antoine, de cartola, exultante e ereto no banco do cocheiro, conduzia a rédeas soltas na descida de Lalléger para a estrada de Limoges, das Américas e do além. Atrás deles Fiéfié corria, e não os alcançava.

Durante a semana, inverno como verão, o tempo era para ambos o que é quando já não há mais mulher: caótico, indeterminado, infantil sem a graça nem a embriaguez da infância. Fiéfié chegava cedo de Croix-du-Sud para o trabalho que era só uma peregrinação, com seu embornal cheio de quinquilharias, pedaços de ferramentas enferrujadas, nacos de pão e pedaços de barbante, talvez apitos de madeira fresca. Saíam um pouco para sua pachorrenta tarefa em alguns campos em que o mato crescido resistia, sem bois agora, plantavam os repolhos de que viviam, traziam o trigo-sarraceno num lenço. Comiam longamente em horas impossíveis; as poucas velhas que ainda freqüentavam sua casa, curiosas ou por caridade, as senhoras Jacquemin, a antiga Marie Barnouille, passando-lhes pela janela sobras de presunto, um queijo branco, verduras, puderam vê-los então na longa cozinha indizivelmente suja e entulhada; viam, ao abaixar a cabeça, Toussaint impassível na parte alta com a janela de trás às costas, tempestuosamente indistinto e nimbado como um pantocrátor, e Fiéfié sem descanso galopando de uma ponta a outra do espaço devastado, por si só valendo por muitos, bebendo no litro e mexendo o guisado, tirando a mesa para entulhar os bancos ou o fogão, sempre a beber cortando o pão e evocando alguém. E as velhas, que riam e tinham dó ao subir o caminho de volta, não nos poderiam dizer nada além disso: pois se eles duvidaram foi só para eles, sem que devessem para isso ceder a quem quer que seja, e se triunfaram foi ainda só para eles, para a cozinha e as sombras deles, naquele lugar patinado que não os ofendia, para aqueles espectros inofensivos, longe do mundo povoado de ouvidos irredutíveis e de bocas cheias de ofensas. Às cinco horas Fiéfié largava o litro e capotava, dormia em cima de um banco, ou no chão com a cabeça entre sacos, e Toussaint um pouco inclinado olhava-o dormir, com indiferença talvez, com ternura.

Um dia, finalmente, o palhaço não veio.

Era verão, imagino. Vamos, era em agosto. Um belo céu maquinal se debruçou sobre as messes e as samambaias, lançou sombras cruas sobre a casa dos Peluchet. As velhas que tinham ficado na aldeia, vigilantes negras sobre suas soleiras, pacientes como o dia e augurais, viram Toussaint enquadrar-se por vezes na porta escura; ele interrogou sobre o azul vasto o vôo mais azul dos corvos; entrou no estábulo para não se sabe que trabalho ou pensamento, olhou ali entregues à penumbra os velhíssimos bois inúteis; chamou-os pelos nomes; lembrou-se de que Fiéfié, noutros tempos, saltitara bem feliz ao timão. Voltou para o patiozinho onde ficou plantado, junto do poço frio: com as velhas contemplemos uma vez mais, mas de modo ensolarado, o boné proletário, heráldico, dominando o bigode marfim de velho sobrevivente. Ao meio-dia sua espera lhe lembrou, com um aperto no coração, outra espera que já havia esquecido: pois gostava de Fiéfié sem dúvida, embora o injuriasse o mais das vezes, Fiéfié que o chamava de patrão, que com ele tinha bebido o mau café e velado Juliette morta, obstinadamente mantido o filho em suas metamorfoses; que a cada domingo compadecia-se e sofria com mortos e com um quase morto, no opróbrio e no vinho, debaixo de maus punhos, quer dizer, entre os vivos; que tinha tido uma infância lamentável e uma vida pior, mas que uma memória tomada de empréstimo tinha enobrecido tanto que não comerciava mais senão com anjos e sombras, na lufa-lufa de uma história fundadora que vencia ganindo e brincava com sua vida sofredora até o martírio inclusive, necessariamente; Fiéfié Décembre que com todo o comprimento do corpo sob o sol estava deitado entre os espinheiros de Croix-du-Sud, morto.

Uma velha descobriu-o no calor mais forte da tarde, a dois passos de seu casebre, com o rosto no chão entre revoadas de marimbondos. Chagas em sua cabeça sangravam com as amoras; "as campinas marchetadas de borboletas e de flores" perfumavam-se na tarde, afloravam-na; uma aba de seu paletó, rigidamente detido na queda por intratáveis espinhos e como que engomado, sombreava-lhe a nuca débil, com grande delicadeza. Talvez tivesse recebido pancadas, mas também, bêbado, podia ter tropeçado nos matos espessos aqui e cruéis como cipós do Novo Mundo e ter ido arrebentar triunfalmente a testa nas pedras: nunca se soube. A velha, que descia a Chatelus, alertou a brigada; quando chegaram os chapéus debruados, suas grandes sombras bicornudas e cavalgantes de retres ou de demônios projetadas longe pelo sol baixo, viram nesse começo de noite o velho de joelhos, sem boné e com o cinto de flanela desamarrado e pendente sobre a calça, apertando nos braços o garoto morto e que, chorando, repetia com voz persistente, espantada, de agradecimento e de censura: "Toine, Toine". Lançou-se sobre o cadáver um manto de cavalaria; os olhos abertos que já não lacrimejavam desapareceram, um berloque à hussardo enfeitou os cabelos mal cobertos do maltrapilho; o velho chamou o filho com meiguice até que descesse à cova, no cemitério de Saint-Goussaud sobre o qual soprava o vento.

O resto cabe em poucas palavras. Toussaint não chamou mais ninguém. Sobreviveu a Fiéfié como aos demais; misturou-os talvez e juntas amassou e reamassou suas sombras para aumentar a grande sombra de que vivia, que o sepultava e lhe dava vigor; acrescentou a sombra bonachona e lenta dos bois, que também morreram. O que são alguns anos de vida a mais, quando se é rico de tantas perdas? Restava-lhe a foice, o luxo desenfreado de sua cozinha, o poço, o horizonte invariável. Não se falou mais de Antoine; quanto a Fiéfié, quem jamais havia falado dele?

Duas ou três velhas, as mais humanas no melhor ou no pior, visitaram até o fim o pantocrátor desmoronado, em sua cozinha com frio de cripta, recortado diretamente na janela de trás, bizantina e musgosa, luminosa e verde: por vezes a púrpura de digitais tilintava ali. As Marias colocavam sobre a mesa ensebada as amoras, as geléias de sabugueiro, o pão inevitável. Contavam-lhe as sempiternas histórias de más colheitas, de moças emprenhadas e de bebedeiras tumultuosas; o velho oscilava um pouco; parecia escutar, sério como um soldado de polícia e bigodudo dignamente como, em Appomatox depois da rendição, o general Lee. De repente, parecia lembrar-se de alguma coisa; estremecia, seu bigode que a claridade carregava tremia um pouco e, inclinando-se para Marie Barnouille, piscava com um ar matreiro e dizia, orgulhoso e confidencial, um pouco empertigado: "Quando eu estava em Baton Rouge, em 75...".

Ele se juntara ao filho. Quando com toda evidência ele o segurou nos braços, ergueu-o consigo na boca apodrecida do poço em que fogosamente eles se precipitaram, como o santo e seu boi, num abraço apertado, olhos risonhos, sua queda indiscernível roçando escolopendras e plantas amargas, acordando a água triunfante, levantando-a como uma moça; o pai gritou ao quebrar as pernas, ou o filho; um manteve o outro debaixo da água negra, até a morte. Foram afogados como gatos, inocentes, idiotas e consubstanciais como dois da mesma ninhada. Juntos foram em terra sob um céu em fuga, no esquife de um só, no mês de janeiro de 1902.

O vento passa sobre Saint-Goussaud; o mundo, por certo, exerce violência. Mas a que violência ele não foi submetido? As samambaias misericordiosas escondem a terra doente; ali nascem mau trigo, histórias ingênuas, famílias trincadas; do vento surge o sol, como um gigante, como um louco. Depois se apaga, como se apagou a família dos Peluchet: também se diz, quando o nome cessa de se acoplar a vivos. Só o proferem ainda bocas sem língua. Quem mente com obstinação no vento? Fiéfié gane nas borrascas, o pai troveja, numa virada se arrepende, se redime quando o vento muda, o filho para sempre foge para o oeste, a mãe se lamuria rente às urzes, no outono, num cheiro de lágrimas. Toda essa gente está bem morta. No cemitério de Saint-Goussaud, o lugar de Antoine está vazio, e é o último: se ele repousasse ali, eu seria enterrado em qualquer lugar, ao sabor da minha morte. Ele deixou-me o lugar. Aqui, fim de raça, eu, o último a me lembrar dele, irei jazer: talvez então ele esteja morto de uma vez, meus ossos serão quem quer que seja e também Antoine Peluchet, junto de Toussaint seu pai. Este lugar ventoso me espera. Este pai será mesmo o meu. Duvido de que jamais haja meu nome na lápide; haverá o arco das castanheiras, inamovíveis velhos de boné, pequenas coisas de que minha alegria se lembra. Haverá na loja de um distante antiquário uma relíquia a dois tostões. Haverá más colheitas de trigo-sarraceno; um santo ingênuo e abandonado; agulhas que de coração acelerado ali plantaram moças mortas há cento e cinqüenta anos; os meus aqui e ali em madeira apodrecendo; as aldeias e seus nomes; e sempre o vento.

Vidas de Eugène e de Clara

Em meu pai, inacessível e oculto como um deus, eu não poderia pensar diretamente. Como a um fiel — mas que, talvez, fosse sem fé —, preciso dos socorros de seus intérpretes, anjos ou clero; e vem-me primeiro ao espírito a visita anual (talvez, mais atrás, ela tenha sido semestral, ou mesmo mensal no início) que me faziam, em criança, meus avós paternos, visita que sem dúvida não deixavam de constituir uma perpétua retomada do desaparecimento de meu pai. A ingerência deles era protocolar, consternada, com ternuras retidas logo que esboçadas — revejo aqueles dois velhos na sala de jantar do alojamento da escola: Clara, minha avó, mulher esbelta e pálida, de rosto fundo, imagem da morte inquieta, resignada mas ardente, curiosa mistura das expressões tão vivas, vivazes, e da máscara de além-tumba sobre as quais elas se representavam; suas frágeis e longas mãos fechadas sobre o joelho magro; os lábios, cujo desenho embora estreitado pela idade tinha permanecido impecavelmente nítido, se estiravam quando ela olhava para mim num sorriso vago, por certo de uma nostalgia indizível, mas ao mesmo tempo agudo, sedutor, de mulher jovenzinha: eu temia a acuidade dos grandes olhos muito azuis, com aquela boniteza dolorosa, que longamente se dirigiam para mim, liam-me como para fixar, indeléveis, meus traços em sua velha memória; debaixo desse olhar, talvez o meu mal-estar aumentasse com aquilo que eu adivinhava: sua ternura não se dirigia a mim, ela escavava além de meu rosto de criança em busca dos traços do falso morto, meu pai — olhar vampiro e materno ao mesmo tempo, cuja ambivalência me perturbava a finura do juízo que com ou sem razão eu fazia dessa personagem imponente, atraente e encantadora, familiar dos mistérios aos quais a destinam seu prenome insólito e a apelação mágica de sua profissão: parteira[1], cujo sentido eu ignorava totalmente em Mourioux e que me parecia reservado só a ela.

Ela eclipsava quase totalmente a figura de meu avô Eugène — sem para tanto lhe opor essa barreira tagarela e acremente condescendente com que certas esposas envolvem os maridos, recusando-lhes a palavra, depois qualquer pensamento, e, no fim das contas, a vida —, não, o que, creio eu, fazia com que a minha avó se impusesse e o impusesse a meus olhos era a real e penosa desproporção de sua vivacidade de espírito confrontada à falta de jeito bonachona, sorridente e gentilmente obtusa de meu avô; a isso se acrescentava uma fisionomia incrivelmente plebéia, uma carranca simpática malcasada — embora muito prazerosamente — com a finura clerical de sua companheira. Dele, eu não tinha medo; não me perturbava mais do que os compadres de Félix em torno das mesadas de muito vinho. Eu "até que gostava dele"; mas creio que se um dia gostei mesmo de um dos dois, foi de

---

1. A palavra francesa que designa a parteira é *sage-femme*, literalmente "sábia mulher", o que justifica, no original, os comentários que seguem. (N.T.)

Clara, cujos olhos dolorosos e vagos, mal aflorando as coisas e entretanto assimilando-as com uma carícia, com pausas pesadas de pesares logo contidos, me apertavam o coração.

Observo a esse respeito que, em minha infância, só consegui admirar as mulheres, pelo menos no seio de minha família, na qual nenhum "pai" poderia ter-me servido de modelo — e mesmo os pais imaginários que eu colocava no lugar do meu eram pálidas figuras: um mestre-escola por demais prolixo, um amigo da família muito taciturno, de quem voltarei a falar. Mas não teria eu podido, saltando uma geração para trás, e me fazendo filho do outro século, do passado, recolocar a imagem paterna na escala anterior, avoenga? Por certo o fiz, e não quero outra prova além destas páginas que, uma depois da outra, tentam gerar-se do passado, sem dúvida o quis, mas sem por isso ter motivo para me felicitar desse envelhecimento fictício; de fato, intelectualmente, e para o ramo materno como para o paterno, a mulher era incomparavelmente melhor do que o homem. Embora muito atenuada, a disparidade entre Clara e Eugène se repetia em Élise e Félix; embora a relativa lerdeza de espírito de Félix tivesse sido mais o resultado de uma impulsividade confusa, de uma sensibilidade à flor da pele, um pouco egoísta e embaraçadora que obliterava o juízo, do que de uma incompetência intrínseca desse juízo mesmo — como era, creio, o caso do avô de Mazirat —, não é menos verdade que seu pensamento verboso e logo atolado não podia superar a meus olhos os traços de espírito (notavelmente concisos às vezes, embora contrariamente a Félix lhe repugnassem os julgamentos definitivos, contundentes) de que era capaz Élise. Da mesma forma, embora menos flagrante, menos conservado do que pela alta e ereta silhueta de Clara, alguma coisa de aristocrático, nostálgico e refletido subsistia em Élise para além de toda depredação do corpo. E depois, palavras prestigiosas e incompreensíveis — Deus, o destino, o futuro — passavam pelos lábios de uma e de outra; estou eu certo de que a entonação que ainda têm hoje essas palavras — em algum ouvido interior que no fundo de mim ouve ressoar —, seu timbre não é o que uma e outra nelas gravaram? Em suma, eu as ouvia "com outro ouvido"; elas sabiam falar: a primeira com alguma ostentação (passava um pouco por beatona), Élise, pelo contrário, com aquela obstinação adoravelmente camponesa, pudica mesmo nas lágrimas, de não querer falar "nessas coisas", essas coisas de que se fala entretanto, que não parecem tão temíveis senão porque são universais, essas coisas que são do pensamento. A metafísica e o poema me vieram por essas mulheres: alexandrinos racinianos na boca de minha mãe, e por ela evocados apenas a título de lembranças do liceu, mistérios de grandes abstrações que veiculavam, em sua crença aproximativa, os vocábulos benevolentes e desajeitadamente solenes de minhas avós.

Algumas palavras mais a propósito de Eugène, esse homem velho e maciço, sincero, distraído, transparente para os outros, cuja presença depressa se esquecia. Parece-me — mas mesmo disso não tenho certeza em minha memória: as lembranças são vagas, ao passo que nela é nítida como uma sombra recortada o andar suavemente anguloso de Clara —, parece-me que ele era um pouco curvado, à maneira daqueles que tiveram na juventude ombros rudes, e cuja virilidade insolente de outrora se resolve com a idade numa caída escapular de orangotango, "manuais" velhos demais que não sabem o que fazer com suas mãos e carregam canhestramente um corpo tanto mais pesado quanto mais possante e eficaz foi em sua pura função de instrumento. Ele fora pedreiro, e certamente um alerta companheiro sem problemas. Não teria tido problemas antes se não fosse, pelo pouco que sei dele, joguete de uma fraqueza de caráter que sem dúvida lhe foi impiedosa e o conduziu, de dissabores em humilhações, a esse semi-idiotismo final, sorridente e freqüentemente ébrio, que lhe conheci. Quando o via naquele tempo, não era nisso que eu pensava: sua carranca iluminada e magoada ao mesmo tempo — mais do que palhaço, de Rei Lear depois dos desastres, velho soldado alquebrado, tendo tragado toda vergonha —, o narigão vermelho, as mãos não menos grandes e vermelhas, as incríveis dobras das pálpebras de cachorro, a voz coaxante afinal, tudo isso me dava mais vontade de rir — desse riso de criança ansiosa, que é um modo de contornar o drama, de negar o mal-estar. Essa secreta vontade de rir, eu a recriminava em mim; lançar um olhar dubitativo, irônico até, sobre "alguém que eu devia amar", esconder este pensamento escabroso: meu avô é bem feio, parecia-me uma falta da mais alta gravidade; sem dúvida alguma, a faculdade de tais especulações ímpias era coisa de "monstros", e só deles; eu era portanto um monstro? Imediatamente, prometia-me amá-lo mais; e, a essa promessa — de tal modo o drama interior em que se desempenha todos os papéis é o grande fermento afetivo dessa idade que se diz tenra —, voltavam-me baforadas de afeição pelo pobre e coitado do velho; meus olhos se embaçavam com as doces lágrimas da remissão, que eu gostaria de completar com evidentes manifestações de gentileza: não sei se então eu tinha coragem de realizá-las.

Acrescento que o homenzinho era sentimental: enquanto sem surpresa eu via Clara à beira das lágrimas (os choros das mulheres me pareciam na ordem das coisas, nem mais nem menos compreensíveis do que a gripe ou a chuva, mas sempre fundamentados), em contrapartida o soluço brutal e maciço de homem talvez ébrio que meu avô exprimia, quando à tardinha ele pegava de volta a carroça precursora do odor velhote da casa de Mazirat, este choro me desconcertava. Eu por certo estava acostumado a que Félix chorasse assim, quando uma emoção sincera de repente quebrava a sua voz, ou quando tinha bebido demais: era o mesmo soluço seco, breve, logo escamoteado; era um choro, e não era um. Sem dúvida eu já sabia que meus dois avós tinham bebido juntos muito vinho, naqueles dias — e qual era então, ao redor da garrafa, a conversa íntima desses dois homens constrangidos ao mutismo das coisas essenciais? Com a ajuda de que subterfúgios, de que palavras sem convicção eles evitavam na minha presença, e sem dúvida noutros lugares, mencionar o "desaparecido", o traidor desse melodrama que era também o *deus ex machina* de que a minha presença atestava o vestígio, o diretor teatral desertor sem o qual entretanto não teriam sido reunidos em torno dessa garrafa, procurando raras palavras, atores sem direção nem ponto que esqueceram o papel. Que silêncios conjuravam ou reavivavam a fuga de suas esperanças antigas, a falência desse dia retrospectivamente nulo em que casavam seus filhos, e que tinham chorado como hoje, de uma emoção que não era esta de hoje? Essas conversas factícias, perturbadas e no entanto cheias de boa vontade, parece-me ouvi-las.

Contaram-me — provavelmente Élise — que, no tempo de juventude, Clara havia abandonado Eugène, achando, por certo, que o estava deixando para sempre; depois, no tempo em que "a máscara e a faca" se tornam acessórios inúteis, em que a única máscara é a das rugas, em que só a lembrança aguça as longas facas nas velhas cabeças, tinham-se juntado de novo. Não sei se meu pai é indubitavelmente filho do velho pedreiro; sei que idade tinha o menino quando Eugène voltou, ou foi novamente aceito no redil; mas sem dúvida este foi para aquele um pai que a nulidade ausentava; e, mesmo se por vezes esteve presente, era um modelo intelectualmente inaceitável para alguém de quem certas qualidades de espírito foram sem dúvida um traço essencial — se dou fé à insistência, neste ponto, de todos aqueles que, tendo-o conhecido, falaram-me dele, e levando em conta o fato de que essas testemunhas eram gente humilde, daquelas que empregam a palavra "inteligência" para dar conta daquilo que pensam não possuir. Sobre Aimé, a influência desse pai a quem amou, ou que ao contrário detestou como um espelho deformante colocado sempiternamente à sua frente na mesa familial, foi por certo indiretamente negativa; como eu, ele deve sentir dolorosamente uma fraqueza dos ramos masculinos, uma promessa não mantida, um nada casado com a mãe; em torno desse nada, desse esvaziamento de coração que chama as lágrimas, moldou-se a sensibilidade feminina de Aimé, de que tenho tantas provas; nesse nada ainda, ancorou-se o seu aparente cinismo; por certo ele esgotou a sua vida em buscas de pontas de barbante para amarrar no lugar desse elo faltante; e talvez fosse também para preencher esse vazio que o álcool entrou em seu corpo e em sua vida — com o espaço que se sabe, o da plenitude sempre de empréstimo e sempre esvanecida, o espaço tirânico do ouro líquido que nos flancos de suas garrafas encerra tantas mães, esposas e filhos que se quer. Mas inclino-me a pensar que bebeu também para liberar sua vontade, fugir do seu amor por uma mãe inesquecível.

Penso nos domingos um pouco tristes que Clara e Eugène passavam em Mourioux: dias encurtados, que eles faziam caber entre onze horas da manhã e cinco da tarde, para não ter que viajar à noite, embora Mazirat não estivesse a mais de cem quilômetros. Penso principalmente na inevitável caixa de presentes heteróclitos, embalados por velhas mãos preocupadas com um cuidado exagerado: inúmeras bolas de papel de jornal amassado que tinham evitado a quebra saíam da louça antiga, dos espelhos, dos brinquedos de antes da guerra, com aqui e ali, incongruentes e encantadores, uma caixa de pó de arroz, um isqueiro sem pedra, um bicho-cofre a que falta uma pata — objetos todos que não poderiam comprar, sendo pobres e estando longe de tudo, mas dos quais se desfaziam por mim. Um ritual tácito presidia ao manuseio dessa caixa: saíam do carro e, ao chegar, colocavam-na em um canto da sala de jantar; eu olhava longamente para ela com o canto dos olhos, ou, tendo-a esquecido por um instante, meus olhos voltando a ela me recordavam deliciosamente a sua presença: pois, na maioria das vezes, só a desembrulhavam depois da refeição; Clara se encarregava de fazer isso, com uma lentidão algo teatral, um sentido do suspense, um cuidado com os efeitos que — considerado o pouco valor dos objetos — ela sabia reservados unicamente à minha impaciência ávida de criança: creio que eu a divertia, e que ela me achava até um pouco idiota; esse momento era o único do dia em que uma infinita malícia um pouco altiva faiscava em seus olhos. Ela sabia melhor do que ninguém quanto eram derrisórias essas bugigangas, e não pedia desculpas: soberana e modesta, ela os nomeava em poucas palavras, apresentava com gestos raros e justos essas louças trincadas assim como teria oferecido velhas porcelanas de

Saxe e, abrindo cautelosamente um estojo desbastado, estendia-nos com um dedo de diamantário um desses horríveis anéis de alumínio feitos outrora pelos soldados.

Nunca ninguém falava do ausente; era um acordo, tácito ou não, entre as duas famílias? Teriam deliberado, antes do meu comparecimento como réu inocentado de antemão, e teria havido entendimento sobre uma elipse essencial, como juízes do caso Dreyfus, estatuindo, antes mesmo de entrar na sala de audiência, que "a questão não seria levantada"? Não sei; mas sei hoje em que me faz pensar a atmosfera pesada, de feltro, quase sacramental naquilo que se cala, o gosto desses domingos em que eu tinha dois vovôs e duas vovós: velava-se um morto. O cadáver escamoteado era o único pretexto para essa proliferação familiar: eles se haviam reunido apenas por esse luto; e, quando os dois pobres velhos voltavam para o seu carro, como eles velho e ultrapassado, eu não sabia a quem se dirigia a minha pena e o meu dó: a eles, por certo, que desapareciam tanto mais no frio, nas lágrimas e na noite, quanto eu não conhecia a casa onde iam reencontrar o calor e o repouso; no morto enigmático; em mim mesmo, afinal, desajeitado confuso, que não ousava me informar sobre a identidade do desaparecido e procurava o cadáver nas sombras montantes, no meu próprio corpo com os joelhos vermelhos de frio. Eu me espantava de não estar morto, mas somente ser ignorante, doloroso e incompleto, infinitamente.

Quando estive no liceu, as visitas se espaçaram; estavam envelhecendo, Clara não podia mais dirigir; foram algumas vezes ainda, no fim dos anos 50, mas o rito estava cortado. De fato, "eu sabia"; quando de sua vinda, o céu não se cobria mais com um crepe, eu não mais ouvia a natureza inteira ocupada em pregar um caixão mortuário; não havia ninguém chorando. Depois, não estavam mais sozinhos; aproveitavam as passagens por Mazirat do filho Paul, meu tio, para irem com ele; o carro tinha mudado, velho ainda para a época, pois era um Juva, creio, mas o calhambeque grandemente estranho e fúnebre de outrora estava no ferro-velho, ou dormia debaixo das teias de aranha de um paiol como um esquife num túmulo. Da caixa ritual, as mesmas velhas mãos mais trêmulas tiravam os mesmos cucos mais trincados, mas eu sabia que eram fundos de gavetas e Clara sabia que não me comoviam mais; eu tinha outras coisas na cabeça, perturbado com os sucessos escolares que eu julgava mais importantes do que aqueles velhos ridículos: a vida seria bela, eu seria rico e não envelheceria.

A Mazirat, fui três vezes, enquanto os velhos ainda eram vivos; e não voltei a vê-los além disso. A casa era banal, rebocada, perdida no coração da vila, à margem da modesta estrada principal, defronte à escola; ali notei o cheiro sentido outrora nos assentos da Rosalie, quando voltavam à tarde, titubeantes e acabrunhados; ali respirei o azedo, a poeira, o informe embaraço a que a idade muito avançada não pode sequer conceder a última coqueteria de passar por limpo. Ali reconheci a simploriedade de seus sentimentos e o irreparável de sua solidão; eles eram meigos e morriam com abandono; sabia que eu tinha lugar entre os fautores. Ali convivi com as ausências que minavam aquelas paredes, com o passado impreenchível e com os filhos do tempo como ele ingratos, meu pai, eu próprio, e no fim o mundo inteiro de que tomávamos lugar, todos espectros para dois velhos espectros, todas ausências que eles arrastavam consigo outrora até

Mourioux, e que lhes eram como um halo a que não mais bastava sequer para dissipar a muito breve e rara presença de seus clérigos ausentes: em Mazirat estava o coração dessa "ausência espessa" que quase se podia apalpar; só mortos passavam pela porta; e os velhos se levantavam encarquilhados, cambaleantes, apertavam-nos em seus braços como para aquecer aqueles que nada mais podia aquecer. Não me recriminavam de nada; não era também eu uma criança?

Eu tinha entretanto bem perto de vinte anos naquela manhã em que, não sem alguma má vontade, cedi finalmente às exortações com que suas cartas me pressionavam havia anos, e tomei o trem para Mazirat; a estação ficava a cinco quilômetros da vila deles, aonde cheguei a pé; era verão, o tempo estava bonito, e senti prazer em andar pelas sombras; a caminho, eu compunha em pensamento uma carta destinada à morena grande demais a quem eu dedicava então o meu tempo, jovem intelectual de boa família com quem eu mantinha, à margem de nossos banais amores, uma correspondência que desejávamos elevada e que era, da minha parte pelo menos, de um pedantismo risível; eu já falsificava o relato que ia fazer-lhe dessa visita por vir; eu precisaria travestir muito e mentir um pouco, calar o desconforto, a angústia e a ausência irremediável (éramos sectários da Presença), suportar o nariz de Eugène, as lágrimas e o vinho tinto, penosos elementos a escamotear por não serem toleráveis nesse culto platônico do belo que minha amiga exigia. E eu maquiava as velhas caras deles que não agüentavam mais, curava suas tremedeiras e preenchia os seus silêncios, a fim de que a imagem deles tivesse aceitação junto à fútil helenizante.

Assim traindo-os, eu chegava a Mazirat. A casa era o que eu disse; em cima de um móvel, um quadro continha fotos minhas em diferentes idades: e Clara me disse que meu pai chorava ao vê-las; eu olhava outro, simétrico, onde estavam as fotos de Aimé. Um ausente chorava outro nessa casa de ausências, desaparecidos comunicavam-se com médiuns por retratos, mesas carunchadas, eflúvios; em cima daquela arca, nossas efígies dirigiam-se as mesmas mensagens ostentatórias e desprovidas de realidade que, tecidas no túmulo, trocam duas estelas comemorativas; e, sem dúvida, longe desse face a face comovente e sinistro, vivíamos um e outro; mas vivíamos separados para sempre; nossa reunião espectral daqui, como um amuleto de envolvimento, recordava-nos, onde quer que estivéssemos, que cada um de nós carregava em si o espectro do outro, e para o outro era espectro; éramos um para o outro cadáver e armário. O sol brincou certamente sobre a madeira dourada de um quadro; levantei a cabeça; via-se pela janela as três belas cores de uma bandeira hasteada no tímpano da prefeitura, pela aproximação do dia 14 de julho; galos cantavam no galinheiro vizinho; os grandes olhos amorosos de Clara, de pé, magra e como morta, estavam postos em mim.

Meu avô logo me levou para o café; revejo sua silhueta grosseira dançando pelo caminho na glória do verão, sinto a mão dele no meu ombro e "seu velho braço no meu"; ficou orgulhoso, mas atordoado de beber comigo, que apresentava a quem quisesse ouvi-lo como "seu neto", acariciando esta palavra que repetia indefinidamente, obtusamente e gentilmente, resmungando-a ainda quando levava o copo aos lábios, degustando-a com o vinho; é que, desse laço brilhante de parentesco, ele não podia se convencer, e via bem que eu também não acreditava, talvez me preocupasse pouco com ele; eu não podia ser ao mesmo tempo o quadro dos retratos enlutados e essa presença ingenuamente sorridente, já um pouco inebriada, de inconsistente jovem feito; assim ele tomava nota, por sua doce ladainha, da alegria que era mesmo necessário que sentisse se quisesse lembrar-se dela e, nos dias seguintes, entrando no café e lembrando-se de que há pouco eu tinha ficado ali e não estava mais, dizer: "Você o viu? Era o meu neto", substituindo pela graça de um imperfeito um presente que sempre se emprega e decepciona. Tomamos numerosos copinhos no balcão de velho cobre rutilante como todas as coisas desse dia de verão em minha memória; e uma obscura embriaguez me ofuscou com o ilustre sol, ao sair do bar.

Lembro-me pouco da tarde, em que mãos apertaram as minhas, em que olhares se embaçaram de luto e de afeição. Com certeza fomos, Eugène e eu, beber o último traguinho, e com certeza Clara, meio que pilheriando, recriminou aquele que ela mantinha bem alto como um "velho espantalho"; nossos passos espantaram os últimos passarinhos, as estrelas brilharam acima de nossas cabeças, recortaram nossas sombras provisórias que um transeunte viu e esqueceu. Colocaram-me para dormir num quartinho cheirando a mofo, com uma colcha branca e um acolchoado rosa-camarão, com janela exígua e fresca como a de Van Gogh em Arles; e pendiam também ali, como sob a pena de Artaud a descrevendo, "velhos patoás camponeses", toalhas toscas e buxo bento; minha avó tinha arrumado flores, zínias talvez, num vidro rachado — tendo todos os vasos decentes mergulhados, um depois do outro, na insaciável caixa de velharias a mim destinada. De manhã, Clara veio me acordar; mal tinha aberto os olhos, ela enfiava na minha mão uma nota de cem francos, dando-me com a manhã aquilo que ela sabia me fazer maior falta como estudante;

ela sorria; então alguma coisa aconteceu, bem próxima de um evento, e que minha memória relata como tal: havia eu sonhado com glória, amores delicadamente satisfeitos? Um raio de sol pôs-me em alegria? A indecisão do despertar fez-me tomar a lembrança pictural de um quarto pelas delícias de me encontrar neste? Uma luz atingiu meu espírito, um impulso inexplicável me invadiu; enlevado, estendi os braços; e desejei bom-dia à minha avó com uma sinceridade que me transtornava. Depois de muitos anos, sei que nesse único instante, auroral e intacto, amei-a alegremente; nesse instante de regozijo, ela mostrou-se a mim na simples afirmação de sua presença, não tão enlutada nem espectral quanto plasmada de sofrimento e de alegria, como eu, como todos; nesse instante lúcido, suspendi a afronta que me fazia senti-la carregada, esvaziada da ausência de meu pai: outra coisa que o canal de um deus ausentado e o altar em que arde a chama perpetuando a ausência, ela era uma mulher velha, que tinha lutado e concebido, tinha caído e se tinha reerguido; ela gostava de mim, da maneira mais natural do mundo.

Essa embriaguez, eu gostaria de tê-la prolongado; ao me vestir, sentia todas as coisas com calor: aquelas zínias estavam ali também, de cores imediatas e de pétalas duras, vivazes, voluntárias e como que perduráveis; pela janela aberta, o mundo vinha a mim, verde umbroso e azul, visível no horizonte de ouro como em Bizâncio um ícone; ninguém teria posto em dúvida a presença magistral do sol. Embaixo, na sala dos retratos amarelados, aquela ilusão de um mundo eucarístico se dissipou: os anjos tinham saído voando nos longes de ouro, nós ficávamos entre mortais dos quais dois se aproximavam do fim; meu pai não estava mais presente; eu parti de novo na mesma noite.

Voltei lá numa tarde de outro verão, sem dúvida no ano seguinte; o tempo ainda estava lindo; conduzia um carro e minha mãe estava ao meu lado; lembro-me da agradável viagem que fizemos, conversando, do exterior austero de uma igreja românica no meio do campo enlanguescida ao peso dos trigais, de uma ponte de estrada de ferro perdida no arvoredo como para ilustrar um romance infantil que eu lera; a estrada descrevia uma vasta curva para ultrapassá-la; não tenho nenhuma recordação da tarde que passamos em Mazirat. Não sei se voltei a ver o quartinho, nem os retratos; também, os velhos podiam não estar lá. Seus gestos, que para mim foram os últimos, eu os vi, e ignoro quais foram eles; suas últimas palavras me foram roubadas para sempre, soprados os seus adeuses por trás de uma cortina de vento violento; em nenhum tempo me lembrarei da dupla silhueta sobre a soleira da porta, titubeante e compungida, que oferecera entretanto a minha ingrata memória, inteiramente no túmulo e no entanto ainda agitando gentilmente, heroicamente, as mãos até que o carro do neto tivesse desaparecido, borrada pelas lágrimas bem antes que a floresta o engolisse, na curva definitiva do caminho.

Eugène morreu no fim dos anos 60; desse falecimento, eu não saberia precisar o modo nem a data, mas inclino-me para a primavera de 1968. Eu tinha outras preocupações, e mais urgentes e nobres do que o fim da linha de um velho bêbado: no palco imitado do fanfarrão de antes do *Potemkin*, onde meninos romanescos brincavam de infelicidade (e para alguns, que o saberiam mais tarde, brincavam por infelicidade), eu tinha o primeiro papel; a brandura ardente daquele maio, a febre que ele dava às mulheres tão prontas a satisfazer nossos desejos quanto as manchetes complacentes dos jornais o eram para elogiar a nossa fatuidade, tudo isso me comovia mais do que o falecimento de um velho; de resto, odiávamos a família, numa ária conhecida; e, sem dúvida, pautado em Brutus, eu declamava com a maior seriedade do mundo lugares comuns libertários; no dia em que se entupiu o sangue do velho palhaço, fez-lhe uma máscara triunfante e mais vermelha do que nunca, mais vinosa na embriaguez da morte que é aquela de mil vinhos, e finalmente refluiu para o coração depois da inimitável apresentação da agonia. Clara levou sozinha à terra, com alguns vizinhos, o corpo do polichinelo. Ele morreu como um cachorro; e reconforta-me o pensamento de que não morrerei diferentemente.

Poucos anos depois, avisaram-me da hospitalização de Clara: atormentavam-na doenças da velhice, não queria ficar sozinha entre fantasmas na casinha de reboco; por certo deve ter levado, numa malinha usada que outras mãos puseram atrás da ambulância, apenas alguns objetos pessoais, o cheiro que eu havia respirado quando criança no calhambeque e de que me lembro, e a reserva de ausência dos retratos; escreveu à minha mãe para que eu viesse; eu não vim. Mandou ainda algumas cartas, sempre à minha mãe, e uma foi a última; ela vivia ainda, sabíamos. A mim, não escreveu: é que eu não era mais criança, não tinha querido acompanhar as cinzas de Eugène, deixava-a morrer e me calava. Renegava então a minha infância; estava impaciente por preencher o vazio que nela haviam imprimido tantas ausências e, valendo-me de tolas teorias em moda, punha a culpa naqueles que mais do que eu tinham sofrido. Eu queria povoar de palavras o deserto que eu era, tecer uma vida de escrita para esconder as órbitas fundas de minha face; não conseguia; e o vazio cabeçudo da página contaminava o mundo de que escamoteava tudo: o demônio da Ausência triunfava, recusando-me, com muitas outras afeições, a de uma velha mulher que eu amava. Não lhe escrevi, ela nada teve de mim; nenhuma caixa de gulodices lhe chegou, que fosse o reflexo daquelas que ela havia tão pacientemente, tão tenazmente trazido outrora do calhambeque para a sala de jantar. Ela morreu afinal; e quero crer que nos últimos dias, lembrou-se uma vez, um momento, que um jovenzinho ensolarado tinha-lhe desejado alegremente um bom-dia, numa manhã clara, no quartinho onde flamejavam zínias.

Voltei uma última vez a Mazirat com minha mãe, que queria se recolher sobre o túmulo de seus sogros; não sei por que a segui; eu era então incapaz do menor desejo. Eu estava soçobrando; por razões que se virão a saber, acusava com grandiloqüência o mundo inteiro de haver-me espoliado, e arrematava a sua obra; queimava os meus navios, afogava-me em ondas de álcool que eu envenenava, diluindo nele pedaços de farmacopéias inebriantes; eu estava morrendo; estava vivo. Foi por ocasião de um banho semelhante nesse caldeirão de feiticeira que me postei, ausente, diante daquele túmulo no qual, como sempre, não havia ninguém. Ai, pobres espectros! O príncipe da Dinamarca não era mais ingenuamente distraído em sua loucura simulada do que eu estava na minha morte fictícia, de pé diante do pedaço de terra onde vocês estavam deitados. Dissimulei-me atrás de um teixo para engolir uma dose de Mandrax; da árvore encharcada de chuva, a água inundou minha cabeça vacilante; sentei-me em cima de um mármore para me enxugar com uma mão vaga, com um sorriso amarelo nos lábios; não tenho outras lembranças desse dia em que fui reverenciar os seus despojos.

Minto; tenho uma outra. Fomos ao café onde meu avô tinha sido feliz, a fim de que minha mãe ficasse no calor para trocar algumas palavras com uma parente vaga que encontramos; acompanhei, cambaleante e hilário; do que disse aquela mulher, de palavra e porte vulgares, guardei o seguinte: meu pai, a dar-lhe ouvidos, tinha chegado ao último grau do alcoolismo e, diziam, drogava-se. Ninguém ouviu o riso terrificado que sacudiu apenas o meu espírito: o Ausente estava presente, habitava o meu corpo derrotado, suas mãos agarravam a mesa com as minhas, ele exultava em mim por enfim encontrar-me ali; era ele quem se levantava e ia vomitar. Foi ele, talvez, que acabou aqui com a história ínfima de Eugène e de Clara.

Vidas dos irmãos Bakroot

Minha mãe colocou-me num internato em idade ainda tenra; não por troça: era uso assim fazer, pois o liceu era longe, as estações tinham pouco movimento, os transportes eram caros; e, além disso, aos olhos daqueles a quem ar livre e liberdade só ensinam gestos essenciais, logo estafantes e monótonos a partir da juventude, parecia legítimo que a tarefa gloriosa, sempre nova e sempre a melhorar, de aprender o porquê de todas as coisas se completasse, talvez se pagasse com um enclausuramento quase monacal, romano. Eu próprio fui durante muito tempo preparado para isso. "Quando você estiver no internato...": era esse um estado transitivo por certo, rumo à idade adulta, à felicidade e à simples glória de viver que me cabia, por menos que eu quisesse; mas não era apenas essa passagem: era um período pleno de sete anos no decorrer dos quais o latim se tornaria minha posse, o saber minha natureza, os outros meu combate e seguramente minha vitória, os autores, meus pares; eu me aproximaria desse Racine de quem minha mãe, a pedido meu, recitava frases incompreensíveis, diferentes, mas iguais, singulares, uma recobrindo a outra como os movimentos de um pêndulo de relógio, para concorrer a um objetivo distante que não era o fim do dia; eu saberia qual é esse objetivo, a praia para a qual tendem todas as vagas; teria amigos apresentáveis; falaria de maneira que eu próprio e os outros, um para seu deleite, outros com respeito, soubéssemos que eu habitava no âmago da linguagem quando eles erravam em seus entornos; o preço a pagar era o aprisionamento. Era principalmente renunciar a ver todo dia minha mãe, errar com ela na ternura dos entornos da linguagem. O destino se reservava outra prebenda mais negra, não confessada, mas a meus olhos certa, que me fazia estremecer; é que um dia, muitos anos antes, eu tinha tido um sonho: meu avô, muito alto numa cerejeira sob um céu perfeito, colhia cerejas; cantarolava, e eu ao pé da árvore cobiçava as belas frutas; chamei-o; ele virou a cabeça e abaixando-a um pouco me sorriu, nesse sorriso o seu pé falseou, ele caiu lentamente com um estrondo de galhos, um exagero de frutas espirrando. Ele se deslocou debaixo dos meus olhos. Tinha-me sorrido, entretanto; essa ternura pois não o tinha salvado? Eu solucei, chamei, minha mãe veio. Quando, disse-lhe eu, quando morrerão aqueles sem os quais não poderei passar e que são velhos? Ela desconversou; depois, querendo dormir e pensando em tranqüilizar-me por um prazo tão distante que uma criança poderia achar infinita: quando você estiver no colégio, disseme ela. Eu não tinha esquecido. Entrar no colégio era entrar no tempo, o único tempo controlável pelo fato de carregar desaparecimentos definitivos; eu abordava a época em que as imunidades caem, em que os pesadelos são verdadeiros e em que a morte existe; meu apetite de saber caminharia sobre cadáveres: um não ia sem os outros. Meus avós morreram bem depois do fim da minha escolaridade; mas eu estava de algum modo sempre "interno": separar-me de minha mãe não me tinha feito abraçar as coisas; a linguagem permanecia um segredo, não me havia apossado dela e não reinava sobre nada; o mundo era um quarto de criança, eu tinha de cada dia "iniciar os estudos" de que não esperava mais grande coisa. Mas não tinha aprendido nenhuma outra postura.

Minha mãe, pois, num dia de outubro, levou-me a essa casa mágica de onde eu pensara sair borboleta. O morro que coroa o liceu tem castanheiras que se desfolhavam; o edifício alto onde tijolos apagados alternavam com granitos perdia soberbamente o preto de suas ardósias no céu preto. Ele me pareceu múltiplo, ortogonal e fatal, cavernoso como um templo, um quartel de lanceiros ou de centauros; não teria ficado surpreso que o Panteão, ou ainda o Partenão, dos quais só conhecia os nomes e que confundia um com o outro, se parecessem com ele. É que também lá se tecia o Saber, bicho antigo, inexistente e no entanto glutão, que priva você da mãe e vos entrega, aos dez anos, a um simulacro de mundo; com isso se comovia o vento nas castanheiras desmontadas.

A tarde se escoou em formalidades de instalação; minha mãe se preocupava com a roupa de cama e banho, com o dormitório, com a sala de estudo; meu nome aparecia nos armários, numa cama. Eu não me reconhecia ali; minha identidade estava nas saias que eu seguia, tímido e envergonhado de minha timidez, a presença daqueles garotos desajeitados mas indiscretos me impedia de atirar-me para elas, de nelas voltar a ser pequeno, desistir de minhas prerrogativas absurdas cujo uso me espantava. Chegou a noite, separamo-nos; meu coração se atirava com aquela que partia, tomava a litorina, consternada chegava a Marioux onde eu não estava; que estava fazendo aqui o meu corpo de chumbo? O recreio noturno me lançou para fora: o grande vento levantava no pátio escuro estranhos papéis amassados, lunares mas escuros, jornais abertos que de repente se elevavam e furavam a noite, muito brancos e espectrais como corujas, à mercê de um nada; rodopiando, eles caíam. Eu me perdia nesses desaparecimentos ínfimos; chorava e disfarçava os meus prantos. Outros palermas do primeiro ano, como eu enraizados nos longos pátios, olhavam com olhos redondos esse poço de sombra onde coisas débeis caíam; a luz amarela do pátio que se debruçava do alto sobre suas cabeças os apequenava, isolava-os, eles não arriscavam fazer mais do que pequenos gestos, tocavam no bolso um canivete, olhavam com uma lentidão imbecil o seu relógio novo, esboçavam um passo de que logo desistiam, furtivamente se abaixavam e recolhiam uma castanha com que não sabiam mais o que fazer; amassando um pouco a enigmática casca, ela desaparecia no bolso das blusas, não se pensava mais nela. Alguns, debaixo do boné, se aboliam; outros, de blusa comprida demais, flutuavam como velhinhos; sabiam que estavam ridículos, adivinhavam todos os gestos cunhados de inépcia; tinham vontade de chorar.

Às vezes, um galope de centauros vinha de longe no escuro através do pátio esburacado, um grupo de maiores surgia. A blusa aberta atrás voava como um manto de cavaleiro, o boné em cima da orelha os fazia valentões; tinham aprendido como, insistindo na incongruência dos ouropéis e reivindicando como um fato de elegância uma feiúra assumida, a gente se enfeita com ela, faz-se glória dela, fica-se outro: por menos que a use bem, todo aluno dissimula debaixo da blusa o colete de *Monsieur du grand Meaulnes*. Esses pilantras enganavam. Faziam círculo em torno de um pequeno cujo acanhamento crescia debaixo das perguntas grosseiramente melosas e dos risos, segundo um processo perverso e logo previsível ao termo do qual ele só podia se revoltar ou explodir em soluços; num e noutro caso ele apanhava, ou porque fizesse cara de se indignar com uma rebelião extemporânea, ou porque sua comoção indigna merecesse o estatuto de menina e, como tal, bofetadas. Os novatos fechavam os olhos: tudo isso estava na ordem das coisas. Quando os seus torturadores desapareciam, o pequeno fungava um pouco, olhava intensamente para o chão arrumando o boné, pegava de novo a castanha no bolso; a impenetrável casca parda mais uma vez o espantava, o volume liso e sem falha o satisfazia e, voltado para a plenitude, dolorosamente se perdia nela. Assim era cada coisa; opaca, sobre si mesma fechada, submetida a causas maciças e ilegíveis: o vento cego abraça com paixão as folhagens, arranca ouriços e ao lançá-los quebra-os, desnuda-os, põe-nos no mundo, a castanha sem olhos corre um pouco sob os nossos, pára.

Chegou a minha vez, tentei uma e outra defesa, revolta e lágrimas, e soube a que me apegar. O imenso espaço coberto, que cercava o pátio de três lados, ofereceu-se à minha mágoa; meus passos, e um sombrio deleite, levaram-me para a extremidade mais ventosa e mais desolada: o ar de fora ali se engolfava sem barreiras por cima de um muro mais alto do que nós, atrás do qual adivinhava-se, na noite negra, o campo de urzes e capim em declive que estragava então a parte traseira do liceu. Uma porta envidraçada que dava para uma escadaria nua, muito larga mas vetusta, empoeirada sem remédio, batia sem parar ao menor sopro; a única fonte de luz ali era a dispensada pela lâmpada dependurada acima do primeiro lance de degraus, e da qual os vidros da porta concediam alguns restos que se perdiam antes do limite do pátio; uma chuva fria suavemente começara a cair; os jornais pesados de água deixaram de voar, parados se encharcavam, tornavam-se terra; um novato estava ali, na luz amarela e no vento, de braços cruzados.

Este estava de cabeça descoberta. (Mas os bonés que coloco em meus garotos eram mesmo de minha infância? Não usam bonés mais pobres, mais enfiados na cabeça, mais desastrosamente simples, em leituras antigas através das quais com prazer eu os envelheço e me envelheço, enterro-nos juntos? Não consigo decidir.) Os cabelos, jorrando diretamente da testa em cachos espessos e duros, de um louro-vermelho apagado, eram curtos nas têmporas e na nuca; o mau clarão que atiçava esse topete não divulgava do rosto retirado na noite senão a mancha clara de um queixo saliente e um pouco grande; adivinhava-se na postura a estranha resolução de um olhar plantado direto que nessa sombra, sem dúvida, olhava para mim. Usava em cima da blusa um casaco de suedine com mangas muito curtas, meio ruço também, e cujos bolsos deformados se estufavam com um conteúdo enigmático: com cobiça, pressenti ali o paciente amontoado de coisas e os patoás que certos moleques recolhem, em coleções compósitas a que presidem leis tão fatais, cifradas e aberrantes quanto as que se dizem de natureza, mas que, com a idade, se tornam para você tão duvidosas quanto são patentes as leis da natureza, embora umas e outras permaneçam impenetráveis. Não tive o ensejo de observá-lo por muito tempo: os maiores estavam em cima de nós; já me haviam martirizado e, lembrando-se disso, me deixaram. Lançaram-se em cima do pequeno tenebroso.

A prova monótona começou; o garotinho tinha-se afastado um pouco, e os mais velhos foram buscá-lo debaixo da chuva que fazia em torno do grupo um halo azulado; fiquei prudentemente à distância. Mas logo dei ouvidos: alguma coisa ia mal. Uma das vozes, não mais sarcástica nem fingida, mas grosseiramente colérica, agressiva e exasperada, detonava; os outros aliás logo se calaram, como que chocados ou subjugados, e não ouvi mais do que essa voz grossa e isolada de criança. O sentido de suas palavras não diferia do daquelas que me tinham arrancado lágrimas: mesmas perguntas capciosas e esquisitas, mesmas chicanas policiais, mesmas intimações sem saída possível; mas todo deleite sádico, todo mando como negligentemente exercido e nesse exercício, nessa negligência, decuplando-se, tinha desertado desse discurso: o coração, que faz a justeza do tom, não estava mais nele ou talvez estivesse demais. O que dizia aquele coração era um furor impotente e apaixonado, como um soluço de velha vítima mantendo à mercê seu carrasco, imaginando com um desfalecimento de apaixonado que ele vai empregar para se vingar as torturas nos pés e nos dedos, nas quais já gemeu por muito tempo; mas não sabe usá-las, as mãos exaltadas tremem e na emoção os instrumentos caem, esparramam-se, em vão ele se enfurece e urra sob as vistas do carrasco impávido. O pequeno não era impávido entretanto; eu via tremer seu grande queixo; mas diante dele e um pouco acima, outro queixo grande tremia; a mesma chuva ou as mesmas lágrimas rolavam sobre um e outro; e, acima dos dois rostos que a sombra violentamente usurpava mas que por lampejos desvendavam a mesma cor de giz, o vento eriçava duas cabeleiras iguais. Nesse jogo de espelhos os dois meninos sofriam. Eram parecidos como irmãos.

O maior vociferava cada vez mais e começava a bater, com golpes rápidos e maldosos, com todo o peso de seus punhos curtos. O sino da sala de estudo não o acalmou: a campainha elétrica se eternizava, mas nessa estridência concedida à chuva e ao vento, monótona e pânica como um meteoro, ele persistia em seu dizer nulo, mudo para todos e vociferava para si só, sombriamente se deleitando desse mutismo tempestuoso que o enrouquecia, que o invalidava. Algo perfeito se realizava ali. Respondemos ao apelo, o pequeno conseguiu seguir-nos; conforme nos afastávamos, o maior ficou um momento onde estava, sem uma palavra agora e, cessando a sua gesticulação raivosa, com o olhar misturado à chuva que escorria pelo contraforte de noite próxima; pusemo-nos em fila diante da porta da sala de estudo, no cheiro das blusas, eu o vi finalmente se mexer, lentamente primeiro, e não mais o via quando ouvi seus passos abafados correr no chão encharcado e no escuro, rumo ao estudo dos alunos da sétima série.

Hoje eu não saberia dissociar os irmãos Bakroot dessa chuva que os entregou a mim, desse vento amarelado por uma lâmpada extenuada. Revejo o pequeno a se distinguir num jogo muito simples de que gostávamos, uma espécie de disputa cujo campeão de cada um era uma castanha que, perfurada e atravessada por um barbante, devia quebrar outras preparadas do mesmo jeito; vejo com que gestos circunspectos ele desembrulhava na sala de estudos suas coleções más, soldados estropiados, nozes pintadas, e chaves enormes, mais tarde suas fotos de mulheres; eu reconheceria sua voz morta, aquela que foi roubada por sua voz de homem. Penso no mais velho no pátio de honra que maio soalha, jogando a péla de dentes cerrados, ossudo, desajeitado e eficiente; encosta-se a uma castanheira cuja pasmaceira e mutismo embalam os seus com ternura, passa a ponta da língua no dente quebrado, o cinza de sua blusa se afoga no cinza da casca, ele não está mais presente; depois solta um berro e me vejo no chão, onde uma de suas cóleras cegas me lançou. Vejo-os enfrentar-se em muitos lugares, em muitas idades, e hoje por certo o que ficou neste mundo sente às vezes no rosto um sopro, em sua cintura um pulso de ar, e de novo levanta a guarda diante desse irmão ligeiro que as nuvens carregam. Mas aquela noite lavada permanece como emblema de ambos e como seu manto, aquela noite de começo em que terminava a melhor infância, aquele outono que virava inverno em que seus traços gredosos são fixados para sempre.

Eles eram bem do inverno. E seu nome barrento e teimoso não mentia: eram também, certamente pela ascendência distante que pouco me importa, e muito mais pela cara e pela alma que se lê neles, eram também profundamente de Flandres. Os irmãos Bakroot eram os rebentos perdidos de uma espécie de folia medieval, terrosa e, para dizer tudo, flamenga; minha memória puxa-os para o norte; eles caminham indefinidamente ao encontro um do outro numa terra de turfas, de extensão vã que o mar abraça de lado a lado, de pôlderes e de batatas anãs debaixo de um céu colossalmente cinzento à maneira do primeiro Van Gogh, um talvez leproso e precedido de uma matraca, ou lavrador feio de bragas pardas no primeiro plano de uma Queda de Ícaro, e o outro, o mais jovem, o mais bem acabado, usando a moda batava, quer dizer provinciana, pluviosa e como de segunda mão, de colarinho à espanhola e de espada toledana. O rosto deles, como disse, era de cal; sobre essa tez friável aflorava um queixo de pedra; à sua palidez puritana teria convindo o alto chapéu patibular dos hereges de Haarlem; embaixo o morno desatino de um olho azul de Delf que não perde de vista os gelos infernais e o leva para o que vê. O matagal das más sobrancelhas loiras não exprimem nada, pálidas por demais para a cólera, por demais obstinadamente bastas para a alegria; mas na boca espessa que treme, vê-se que estão segurando as lágrimas. Deixemos esse Brabant de lenda, deixemo-los se agarrar e voltar a ser meninos pequenos.

Rémi Bakroot, o caçula, estava na minha classe. Ele era alegremente insociável, mas essa alegria às vezes se fendia e revelava um fundo de indiferença estabanada, uma penúria peremptória que assustava. Lembro-me de um estudo da tarde, na primavera; eu estava vendo bem Bakroot, sentado à minha frente perto da janela aberta onde o hálito das castanheiras subia com o cair da noite: a guedelha quente banhava nele violenta como o odor das flores. A sua coleção de então (ele a mudava continuamente, repudiando uma por outra ou, ao contrário, juntando-as segundo ligações imprevisíveis) era feita de tralhas para pesca de anzol, bóias, moscas, colheres, nós de penas vistosas em torno de anzóis viciosos; tinha tirado tudo e posto em cima da carteira, ao abrigo simbólico de uma pasta, e contemplava a série cujos termos às vezes permutava, com o ar de reflexão e o gesto de início hesitante, mas cuja lentidão pouco a pouco se firma, que se vê nos jogadores de xadrez. O vigilante percebeu, tudo foi confiscado. O menino amuou, depois, da blusa de suedine de mil desvios apareceu, miraculosamente subtraída, a mais bela mosca de penas cor do dia; contemplou-a na concha da mão, fê-la variar um pouco à luz da tarde, seu rosto petrificado endureceu ainda mais. De repente, com uma risada que todos ouviram, breve e rouca como um soluço, sem provocação nem despeito, mas como exaltada e sacrificial, lançou o fino traço de luz pela janela na direção das folhagens já noturnas. O vigilante só bateu num rosto fechado, como num mau caminho uma charrete rola uma pedra.

Havia então no liceu de G. um professor de latim consideravelmente vaiado, e que por antífrase chamávamos de Aquiles. Nada nele de guerreiro nem de impetuoso; do antigo príncipe guerreiro dos mirmidões, ele só tinha a estatura e o domínio da língua de Homero; era um homem velho, colossal e desfavorecido. Não sei que doença o havia privado de cabelos, de barba e de sobrancelhas; usava uma peruca, mas nenhum esconde-miséria poderia disfarçar a dolorosa nudez do olhar nesse rosto uniformemente glabro; e esse rosto não era daqueles que se podem esconder, mas muito pelo contrário, de forte compleição, patrício, pesado, de uma sensualidade desmoronada, com um nariz magistral e grandes lábios de um rosa ainda fresco: o pouco que faltava a essa arquitetura a fazia prodigiosamente cômica, mórbida e teatral como uma figura de velho eunuco de voz rompante. Andava muito ereto, vestia-se com esmero e gostava dos pequenos elegíacos. Virgílio em sua boca desopilava; tempestades de risos acolhiam suas entradas, até os alunos de quinta série o provocavam, e ele concordava que nada podia fazer a respeito: ultrapassava os limites permitidos ao ridículo, sabia disso, e que nem a força do espírito nem a bondade do coração, que por derrisão ele possuía, não são nada se o corpo é falho.

Aquiles não tinha perseguidor mais impiedoso do que o pequeno Bakroot. As injúrias mais extremadas, os risos mais maldosos passavam pela boca do menino, desfiguravam-no. Aquiles imperturbável ficava absorto nos seus autores, declinava, traçava no quadro as sete colinas ou a baía de Cartago: às suas costas, as rimas obscenas desnaturavam os nomes dos deuses e dos heróis, os elefantes de Aníbal se tornavam bichos de circo, Sêneca era um histrião e nada mais era confiável. Aquiles, é verdade, passou por situações piores: faz tanto tempo que os bárbaros tomaram a Cidade, César reconheceu os olhos do filho atrás do punhal, e quantas Eurídices não perdemos — daqui a menos de uma hora a aula estará terminada. Às vezes, irritado mas desesperadamente calmo, ele descia à arena e batia tristemente no que passasse a seu alcance. Os tapas só serviam para nos exaltar ainda mais. Cada um de nós tinha sua parte nesse despedaçamento; mas o golpe de morte, a palavra decisiva que sabíamos tê-lo atingido duramente, aquela que crispava a boca de Aquiles ou o sufocava por um instante de silêncio imbecil bem no meio da declamação de um metro, era na maioria das vezes Rémi Bakroot que o desferia. Era Rémi Bakroot quem orquestrava essa triste farsa; era ele quem com esse fim se ultrapassava sem cessar, com toda a força tinhosa de sua gargantinha, com todas as palavras incompreendidas, grosseiras e baixas, respigadas em casa no sítio, ou na porta dos bares enfumarados, nas noites de inverno aos domingos, quando o menino intimidado, sem passar a soleira, diz ao pai bêbado que é preciso voltar para casa. É que ele tinha boas razões: Aquiles gostava de Roland Bakroot, o mais velho.

Era bem diferente, Roland, e no entanto tão parecido; desajuizado também certamente, mas sua falta de juízo não tinha nada da ostentação marota, da mangação um pouco morosa, maluca, que forçava em Rémi a admiração dos moleques; sua extravagância era mais pura, abrupta e como que indigente: nada de bugigangas, coleções pitorescas ou golpes de efeito sediciosos; nada de negociável nos códigos infantis, nada de que pudesse se orgulhar, criar para si um público, colocar de seu lado os gozadores, quer dizer, todos. Lia livros. Franzia ao fazer isso a sua testa de bichinho, apertava os maxilares e fazia um beiço entediado, como se uma náusea permanente e necessária o ligasse sem apelo à página que odiava talvez, mas amorosamente descascava, como um libertino do século XVIII esquarteja membro a membro mais uma vítima, com meticulosidade, mas sem gosto e simplesmente para esquartejar. Ele persistia nessa tarefa nojenta bem além das horas de estudo, até no refeitório e no recreio onde, estóico, encolhido nas raízes de uma castanheira, no canto barulhento de um pátio, ficava cismando em algum *Quo vadis* ou outra túnica da *Bibliothèque verte*[1], que o torturava. Ele tinha o punho duro; perdia as estribeiras diante da menor presunção de ofensa e, não menos enojado mas mais alegre, esmurrava: mantínhamos à socapa os risos que seu vício burlesco e sua eterna careta inspiravam. Lia, pois; caminhava para a pequena biblioteca, no fim do pátio, não longe do canto de sombra onde pela primeira vez eu o tinha visto mostrar os dentes; quando encontrava o irmão, ambos rangiam como gatos, parados, loucos e violentamente surdos para o mundo; depois seguiam seu caminho ou uma vez mais se agarravam, amorosamente se davam cacholetas. Eu perguntava a mim mesmo como podiam ser os seus domingos em comum, lá longe, em Saint-Priest-Palus, de onde tinham saído com grande dificuldade, sobre o planalto rochoso na direção de Gentioux, debaixo do teto de uma granja pobre dessa terra vã onde as samambaias e as nascentes mal esfolam de

---

1. *Bibliothèque verte*: coleção de livros de ficção para adolescentes. (N.T.)

rosa e de frescor a couraça áspera dos granitos magros: ler *Salambô* ali era inexplicavelmente cômico; e que coleção podia nascer num lugar desses, que idéia mesmo de coleção, a não ser a série não entesourável e sempre igual das estações que lhe caem em cima, das pragas cansadas do pai, das cabeças de um rebanho? Mas suas bugigangas deixadas a esmo em cima da grande mesa às seis horas da tarde no inverno, livros e piões que o leite fresco do grande balde salpica sob as miragens da lâmpada, vejo-os facilmente como sua mãe pela janela podia vê-los, na charneca na noite que chega, sem descanso procurando-se, um ao outro vindo, reconhecendo-se e abraçando-se, pancadas sobre pancadas ainda uma vez se consagrando, oferecendo suas tundas aos pinheiros negros, ao primeiro vôo das corujas, aos cachorros pregados no chão que uivam para elas ao alçarem vôo, pequenos sacrificadores de lábios fendidos, de lágrimas amargas, piedosos e avariados. E sobre qual dos dois o velho vento na barba ondulante dos pinheiros lança um olhar favorável? Alguém talvez escolha um e quebre o outro, ou escolha um para quebrá-lo melhor, ignoramos ainda qual.

Aquiles, pois, ao sabor dessas fantasias estranhas e tristes que põem fervor e como que um ponto de honra nas vidas estragadas, tinha-se deixado mover de afeição pelo mais velho dos irmãos Bakroot. Quando a campainha arrancava o velho letrado cansado de sua hora de pequena geena, quando, insensível aos ataques dos diabretes a safar-se entre suas pernas, ele atravessava o pátio com seu passo muito digno, sempre lento e como que entorpecido por algum sonho calmo, acontecia muitas vezes que, por um acaso trucado, Roland estivesse ali, não diante dele, mas a alguns metros ao lado dessa trajetória sonhadora, que se encontrassem portanto e, embora

logo se vissem com o canto do olho, o velho saindo da aula
(dissimulando talvez então um sorriso matreiro e arrebatado)
e o pequeno por cima das linhas do texto que devia decorar
como castigo e que lhe repugnava, embora se enternecessem
sem surpresa, no último instante faziam cara de se reconhece-
rem e de se espantarem com a circunstância imprevisível que
os colocava face a face. Aquiles dava uma parada, depois se
aproximava levantando a voz grossa de repente risonha, apoia-
va pesadamente a mão no ombro do menino que enrubescia,
tratando-o com rudeza e ternura; ele questionava, paciente e
repreendedor com alguma ironia, inquiria sobre a leitura do
momento; o pequeno resmungava e desajeitadamente, um
pouco envergonhado, mostrava o título do livro; então Aquiles
largava o ombro de maneira teatral, lançando-se para trás,
olhava fixo para Roland abrindo grandes olhos estupefatos,
mimava uma admiração incrédula que desfraldava como uma
bandeira todo aquele rosto de velho eunuco; e, bem alto,
com aquela voz policiada e rompante com as fulminantes
elipses das velhas línguas, mas forte e com timbre alto por
ter-se tanto tempo expandido sobre os mares de vozerio, tal
como Netuno a exclamar *Quos ego* ele dizia alguma coisa
como: "Que coisa notável! Que coisa admirável! Então já se
lê Flaubert?" O rosto do menino se iluminava como sua
guedelha, o grande queixo hesitava entre riso e lágrimas, o
livro tão precioso, o livro terrível e dúplice parecia ficar pesa-
díssimo em sua mão desastrada: vamos, era bom ler, tantas
horas de aflição contínua bem que valiam ser vividas por
esse instante. O velho depilado com o pequeno hirsuto faziam
juntos um pequeno passeio, afastavam-se na direção do corredor escuro com cheiros de cozinha que pelo refeitório atinge o pátio de honra, e de vez em quando via-se ainda Aquiles

parar, dar dois passos para trás para melhor derrubar sobre o garoto o olhar magistralmente aprovador de seus olhos nus. Ele desaparecia nos cheiros de sopa, ruminando Flaubert, de afeição ou quem sabe o quê, e o pequeno deixado ali à sua embriaguez perplexa deambulava um pouco, sentava-se e reabria o livro, não entendia.

Ao correr dos anos, essa amizade admirável não se desmentiu. Aquiles tornou-se mais tarde correspondente de Roland, quer dizer que vinha buscá-lo no liceu às quintas-feiras e aos domingos pelas duas horas e que o menino passava a tarde com ele, em sua casa sem criança, junto com sua mulher que nunca eu vi, mas que acredito adivinhar como era, doceira e paciente, sustento sem falha de um homem ridículo cuja desgraça a atingia e a quem há tempos sem dúvida censurado amargamente em segredo, mas que, com a idade cujo ridículo igualitário atinge cada pessoa, tendo-se transformado numa compaixão sorridente para todas as coisas e uma alegria, sim, aquela alegria meio louca de se ter visto com tanta freqüência derrotada, que se vê nas freiras antigas e nas velhas bêbadas. Bem mais do que os autores e os destinos romanos, era essa alegria, sem dúvida, que tinha voltado a jorrar sobre ele e que se adivinhava nele no meio de um vozerio, que mantinha Aquiles em vida. Não sei em que o homem e o menino usavam esse tempo comum; mas numa quinta-feira em que fazíamos "um passeio", numa estrada de Pommeil — uma dessas mornas caminhadas em fila, enquadradas por um monitor, saídas que eram benéficas, ao que parece, para nossos pulmões —, eu os vi afastarem-se a passos lentos numa alameda florestal, em que o grande arco de galhos formava para eles, lá no alto, uma espécie de paraíso pintado, e "debaixo das árvores cheias de música maviosa", em grande discussão como doutores, Aquiles gesticulando, o pequeno puritano sisudo interrompendo-o, relançando-o, e o vento de outono que agitava os seus mantôs carregava suas palavras doutas, sua metafísica algo ridícula, mas tão ingenuamente que as folhagens atentas sobre eles se debruçavam, surdas e amigáveis; das filas do passeio, o olhar de Rémi dolorosamente arrojava, corria ao longo da alameda envolvente até aqueles dois pontos lá longe, e seu coração talvez estivesse com eles quando sua boca exasperada ensaiava sarcasmos, troçava.

Mas isso acontecia nas classes de maiores, quero dizer, quando os Bakroot já eram grandinhos. Houvera antes os livros, aqueles que pouco a pouco Aquiles começou a oferecer a Roland, tirando-os de sua enorme sacola onde, em meio a tristes plutarcos extenuados cujas páginas saíam voando, exegeses gastas e fora de moda, surgiam repentinamente numa embalagem fresca, amarrada com fita talvez, tão mal adequada entre as velhas patas do latinista. Houve também alguns Júlio Verne, seguramente um *Salambô*, um Michelet expurgado e ilustrado em que se via Luís XI com seu chapeuzinho miserável, debruçado sobre pesadas crônicas que monges de Saint-Denis, deferentes, altivos, apresentavam-lhe sob o olhar sarcástico do mau barbeiro de quem o rei gostava; não longe, sobre uma figura noturna povoada de homens macilentos e animais fugidios numa floresta espectro, havia o pobre Temerário de Borgonha que o miserável à morte detestou, o Dom Quixote de Charolais, o elegante, o pródigo, o exaltado, no dia seguinte à última batalha perdida depois de tantas outras, cadáver entre os cadáveres "totalmente nus e regelados", e as flâmulas borgonhesas, brabançonas, caídas com suas divisas mata-mouros, o supracitado duque e conde de bruços no gelo que segurou em seu torno essa carne ducal, nariz, boca e bochecha quando se quis retirá-lo dali, os lobos da velha Lorraine carregando em plenos bocados essa carne desfeita, voluntariosa, que tão obstinadamente havia desejado o Império e o desastre, tinha com esse fim cavalgado tanto, maquinado, assediado e sacrificado multidões, guerrilhado em pura perda e desesperado, tinha-se perdido ultimamente no vinho e estava ali havia dois dias quando o procuraram e o encontraram naquele forte frio de pleno inverno do dia de Reis do ano de 1477, e que outro barbeiro, mas este obscuro e em lágrimas, que costumava fazer a barba de Carlos e não sua política, debruçado sobre esse quarto de açougue exclamou, tal como se podia ler na legenda da figura, tal como os velhos cronistas nos dizem que ele disse naquele dia, que portanto de fato disse e é milagre que o ouçamos, enquanto seu hálito precário fazia uma nuvenzinha logo desaparecida: "Ah! é o meu gentil senhor", depois o mandou levar bem honestamente, "dentro de belos lençóis colocados, para a casa de Georges Marquiez, num quarto traseiro", em Nancy, onde os reis finalmente livres desse irmão abusivo cuja perseguição lhes tinha sido por muito tempo a razão de ser, vinham contemplar o que restava dele e gentilmente ali choravam, morta, a melhor parte de si mesmos. Em que pensava, Roland, diante dessa figura de impecável ruína? Ele olhava para ela com freqüência. Pedi-lhe uma vez que ma mostrasse, e contra toda expectativa ele aceitou, com certa condescendência, ele que havia lido o texto referente a ela e sabia de que se tratava, e até concordou em comentá-la em poucas palavras, primeiro reticentes, ríspidas e briguentas, entregando-me a interpretação fantasista segundo a qual, mediante sinais ínfimos que ele julgava pertinentes e que o ilustrador certamente não tinha querido tais, acreditava poder dizer quais eram homens do Temerário, quais os burgueses de Nancy, quais eram os de Borgonha e quais os de Flandres; o capacete de bico largo deste o fazia duque, o elmo menos afetado daquele somente barão; e todas aquelas coisas tenebrosas no fundo, lanceiros e salgueiros negros que a neve a cair e a noite indecidiam, aquelas aparências de cavalos misturados com homens cujas lanças saíam com auriflamas, isso tudo era o último quarto do Senhor de Borgonha e do próprio Monsenhor de Borgonha, portanto representado ali duas vezes, no primeiro plano carniça e lá adiante etéreo, todos os mortos tiritantes de anteontem esperando na porta do céu que um São Jorge em trajes de gala, viseira baixa, auréola na cimeira e velo de ouro ao pescoço, os acolhesse e, com lágrimas apertando-os contra o coração, os instalasse à mesa redonda, à mesa eterna que cheira a vinho quente. Essas elucubrações espantosas, essa exaustão irrazoável e quase mântica, encabulavam Roland: sabia de tudo isso certamente, mas tudo isso o fazia sofrer, apesar de seus vãos esforços não conseguia extrair daí nenhuma glória. Havia em sua exegese arrebatada como um pânico de interpretação, uma dor *a priori*, a terrível certeza de errar ou de omitir, e, qualquer coisa que fizesse para que nada se acreditasse, uma fé amarga em sua indignidade: um ignóbil soldado de infantaria suíço, um desses medíocres disciplinados por quem morreu o Temerário, e que, seguro do inferno a ele prometido, se teria dissimulado entre as gloriosas sombras borguinhonas que esperavam seu quinhão celeste, aí está o que Roland pensava estar nos livros. E aí está por que ele costumeiramente silenciava suas leituras, isto é, suas imposturas; hoje eu acho que se ele consentiu em falar-me daquela figura, daquela história de "belo primo" massacrado de quem não se terá mais ciúmes e que um homem modesto pranteia enquanto lá o irmão traidor, o leitor de crônicas santas, isolado no Plessis-lez-Tours, sente cair sobre ele a sombra imensa de um torreão de remorso e um sombrio júbilo, se Roland, pois, confessou a respeito disso alguma coisa, é que ele havia lá, depurada e escrita em letras de nobreza, uma constelação essencial da própria vida, quando não bastam mais os livros, paixão mesmo, enterrada, iletrada e muito antiga, de Roland Bakroot.

Houve também o Kipling.

Era o ano em que eu estava na sexta série: sei perfeitamente, visto que nessa época eu próprio, que não tinha para as minhas leituras esse mentor ou esse mecenas que era Aquiles, descobria somente *O livro da selva*. Portanto Roland, que então devia estar na oitava série, recebeu um livro do mesmo autor, o que ao mesmo tempo me confortou em minha própria leitura — não era um escritor apenas para os pequenos, como Curwood ou Verne dos quais eu estava começando a sentir vergonha, mas nem por isso deixava de gostar ainda mais — e me deixou com muito ciúme. Era uma edição magnífica, ilustrada também esta, não com gravuras épicas acinzentadas à maneira dos êmulos de Gustave Doré que entenebravam o Michelet, mas com aquarelas delicadas, escavadas como templos bárbaros, com Himalaias ao longe, as frutas envenenadas dos pagodes que se colhem nas florestas quentes, e mais perto riquixás atrelados levavam, quem sabe para que prazer, belas vitorianas de umbrela até debaixo das patas de elefantes enfeitados que eram montados por marajás de rosa, de amêndoa, de tília, enquanto, em primeiro plano, sonhadores, barbeados, corteses e vorazes, *gentlemen* e malandros, indiscerníveis debaixo da mesma blusa escarlate e do capacete perfeito do fabuloso exército das Índias, contemplavam calmamente essa gente, Himalaias, reis barbudos e *ladies* pulposas sob a umbrela, essa gente que era o seu repasto. (Pobre Aquiles, repasto do mundo, o que é que tudo isso pode lhe dizer? E ao filho dos Bakroot, de Saint-Priest-Palus?) O ouro, o ouro vil e glorioso, o ouro que qualquer adjetivo indiferentemente pode qualificar, o ouro corria lá dentro "como o sebo na carne"; como o sangue indomável na carne pesada, preciosa, das dolentes de crinolinas; como as ambições terrificantes, cheias de uísque, de cavalgadas brutais e sangrentas blasfêmias, no olho impassível dos belos capitães na hora fastidiosa, policiada, do chá. Toda essa riqueza luxuriosa fora do alcance devia inflamar Roland, muito em vão; e, com uma resignação quase alegre, demorava sem dúvida nas figuras que julgava mais próximas dele, mais conformes ao que ele seria um dia, as fraternas figuras finais como aquela em que se adivinhava, num saco encardido que um demente transporta dos matos para os arrozais sob as caçoadas dos macacos, a cabeça moqueada de um homem que outrora quisera ser rei.

Realmente eu vi essas figuras, e de fato por diversas vezes de relance, por cima do ombro de Roland, que não as queria partilhar, mas principalmente numa outra ocasião e com bastante tempo. Era ainda no estudo onde, como se sabe, nas pequenas classes, eu estava sentado não longe atrás de Rémi Bakroot. De um dos bolsos do paletó ruço (ele arrastou esse paletó pelo menos até a oitava série, cada vez mais esfarrapado, curto, amarrotado), puxou uns papéis rígidos, muito mal dobrados em quatro ou mais, partidos ao longo das dobras, que ele alisou sem cuidado e contemplou com a mesma atenção, um pouco irônica e apaixonada mas irritável, que ele prestava nas aulas de matemática; com estupefação reconheci nelas os *highlanders* mascarados, os dólmãs com sutaches, os elefantes e os reis. Rémi não foi avaro; o vigilante desse dia era um patife, as figuras caídas circularam. Estávamos maravilhados, meio espantados também, e avidamente nos perdíamos nessa riqueza, nesse longínquo, nessa potência imobilizada. Rémi, com o grande queixo arrogante empinado, contemplava com uma satisfação tensa todo aquele pessoal miúdo disputando entre si os despojos de Roland, assim como do alto de um elefante um chefe sipaio que os hurras animam dirige gesto a gesto a lenta morte dos oficiais de Sua Graciosa Majestade. Na saída do estudo, Roland o esperava.

Estava pálido como cera, uma palidez fosca, diria eu, de puritano flamengo preparando-se para cortar o texto de um iconólatra; não diz uma palavra, só os punhos impacientes, os olhos fanáticos, que uma paixão afogava, viviam. O pequeno chacoteou, mas seu desprezo era entrecortado e queixoso, também ele estava desfigurado, como que ofendido: "Era para mim", gritou ele já fugindo, "que este livro estava destinado. Ladrão, ladrão!" Roland o laçou no meio do pátio; eles se agarraram e no chão batido cambalhotaram, a poeira a misturar-se com seus choros, em sua boca, como amantes um sobre o outro rolaram, ardentemente se enroscando, se desenroscando, pequeno excesso esporádico, fogo de palha debaixo das castanheiras sonhadoras, constantes e distraídas. Quando o grande finalmente se levantou, as figuras emporcalhadas, retomadas a duras penas mas para sempre perdidas, na mão dele, sua boca estava sangrando: foi a partir desse dia que ele carregou até nos seus raros sorrisos a marca do caçula, aquele dente da frente quebrado que doravante se via nele e que amorosamente, impacientemente, ele envenenava com a ponta da língua quando dos seus devaneios bruscos, talvez retemperando nele a sua paixão, ou abrandando-a.

Eles cresceram. A pesada aventura do crescimento terminava, ficava-se admirado de não ser ele eterno. Roland não perdia as rugas: os livros o tinham posto a perder, como dizem as pessoas simples, como um pouco mais tarde me disse a minha avó. Perder? Ele estava perdido, sim — sempre tinha estado —, nesse mundo que ele não via tão bem quanto nos livros, que dele faziam as vezes, mas que era um lugar de recusa, de suplicação sempre rejeitada e de maldade insondável, como, debaixo das costuras apertadas das linhas tenazes uma a outra enredadas, a coqueteria infernal de uma mulher encouraçada de chumbo, que está por baixo, que se deseja até o assassínio, e cuja falha da armadura que está em algum lugar entre duas linhas, que a tremer se supõe e se procura, que estará no fim daquela página, na ponta daquele parágrafo, é para sempre inencontrável, bem próxima e se esquivando; e no dia seguinte de novo acua essa casinha de botão, vai-se encontrá-la, tudo se abrirá e finalmente se estará liberado de ler, mas a noite cai e volta-se a fechar a página de invencível chumbo, cai-se como chumbo, a gente mesmo. Ele não penetrava no segredo dos autores, o belo vestido que puseram na escrita estava demasiadamente acolchetado para que Roland Bakroot, de Saint-Priest-Palus, não apenas pudesse arregaçar, mas soubesse se havia por baixo uma carne ou vento: como eu achava que entendia, o emburrado, o bacharel da Triste Figura, eu, cuja clientela lírica tomava por volta desse mesmo tempo a curva irreparável, sua via ameada de chumbo, seu caminho de ronda aonde me leva a minha vertigem, onde com os Bakroot mais uma vez eu valso, em direção de não sei que última frase senão ela mesma me será necessário encerrar, Gros-Jean como antes.

Quanto a Rémi, e desde o primeiro ano colegial, sabia bem que debaixo do vestido das meninas havia alguma coisa, coisinhas de nada que se podiam conhecer intensamente. Suas coleções — continuemos a chamá-las assim, visto que era mesmo o gosto de se divertir e de reativar o que dá prazer que o guiava ainda, como quando era pequeno —, suas coleções eram fotos de mulheres ou de moças, quer ele as recortasse em revistas compradas às ocultas, *starlets* decotadas, solares, ou escabrosas morenas de ligas altas nas folhas libertinas, quer as colegiais do outro liceu, o fabuloso, o proibido onde farfalhavam as saias plissadas, quer então aquelas irmãzinhas, que não eram insensíveis ao seu apetite sombrio de filhote de ave de rapina, aos seus cabelos de palha gelada e a seus ares guapos, lhe dessem um medíocre retrato delas próprias, uma foto tirada lá no fundo do quintal, no ano passado, com o vestido azul, que fingindo hesitar muito e se fazendo de rogadas, elas lhe cediam finalmente, como palavras cochichadas e pressões desajeitadas da ponta dos dedos, quando chega a hora de se separar com a noite e uma mocinha está enamorada num domingo de novembro. Aqueles botões de flores sentimentais também, aquelas gracinhas que ainda não eram nem escabrosas nem solares mas tinham uma carne admirável e com a qual elas mesmas se espantavam sob as aparências sentimentais, consentiam que em suas saias a mão de Rémi as encontrasse; e se ele quase não falava disso, a não ser na presença de amigos de seu irmão ou do próprio irmão e com o único objetivo de fazê-lo avaliar melhor a distância entre a vida plena de Rémi Bakroot e aquela, estagnada e nula, de Roland Bakroot, não se podia duvidar, pois às quintas-feiras ele desaparecia fora do alcance de seus condiscípulos logo à saída do liceu, e se nos acontecia de encontrá-lo, era furtivamente, num jardim público meio sombrio onde uma cabeça se inclinava para ele, ou bem no fundo de um café vazio, em colóquios íntimos com uma donzela. Ele não era, entretanto, estritamente, um rapaz bonito; conhecemos seu queixo grosseiro e sua cor de roupa ruim; suspeita-se que seu traje, que ele pretendia casquilho, tinha esses encurtamentos caipiras, essa insuficiência que chamei de batava: usava sempre de alguma maneira o casaco de suedine; é que também ele era de Saint-Priest-Palus. Mas ele as cobiçava com tanto apetite, essas verônicas, essas caças novinhas, que seguramente estas tremiam pela fome inusitada que o viam ter por elas, por suas sainhas, suas lágrimas e por sua grande emoção; deixavam amarrotar suas saias, tirar lágrimas, esperavam-no e temiam-no, e, a braços com sentimentos contrários cujo ardente conflito as deixava perdidas de amor, vacilavam com todo o peso em direção dele.

Voltava para casa então no domingo à tarde ou na quinta-feira com esse gosto na boca, essa queimadura nos lábios que as ograzinhas tinham devorado, e acontecia que na larga avenida que conduzia pomposamente ao portal do liceu ele encontrava o irmão, o considerava com altivez e talvez o desprezasse ou de repente o invejasse (quem sabe qual dos dois se esforçava para equivaler ao outro, aquele cuja mulher tinha saias de chumbo que lhe faziam mãos de chumbo, ou o outro, cujas mãos excelentes conheciam de cor os meandros da roupa íntima?); pois na mesma hora Roland também voltava, com algum livro debaixo do braço e tendo só o frio lhe queimado os lábios, na maioria das vezes tolhido pela pesada solidão de Aquiles, e devia regular o passo de jovem apesar de tudo fervente, apesar de tudo cheio de certa seiva que não utilizava, pelo passo majestoso, lento e escandido como um alexandrino, do velho professor. À porta, na plena luz que caía do alojamento do zelador, as despedidas eram intermináveis; e Roland, que cem vezes queria pôr-lhes fim mas recebia ainda algum conselho caloroso, alguma exegese sempiternamente retomada, alguma felicitação intempestiva, Roland estóico mas sob a tortura adivinhava, postos prazerosamente sobre ele e seu amigo pouco decorativo, os olhares embevecidos e folgazões de todos os garotos que voltavam para suas casas. Aquiles abraçava-o finalmente e lentamente subia a avenida debaixo dos lampadários, passos a marcar os versos que a cabeça sabia, e cesuras repentinas paravam-no, com um pé erguido no ar, antes de recair noutro hemistíquio e, andando de novo, escandir não se sabe que letra morta, e as colegiais atrasadas que tinham acompanhado o seu galante se apressavam rumo ao seu serralho de bonecas, quando cruzavam esse marco, gargalhavam, com risos descontraídos desapareciam, tão felizes por acrescentar às lembranças desse belo dia que contariam deliciadas à noite ao adormecer, de alegrar suas imagens de beijos e aquelas em que mal se pode pensar de tanto que são inebriantes e põem fogo nas faces, de romper tudo aquilo que é quase drama pelo inocente riso que tomou conta de você e retomam você à evocação desse velho professor gira, depenado e empoleirado numa só pata como uma garça.

É que Aquiles disparatava um pouco, no fim. Acontecia que a peruca estivesse meio solta, de atravessado e tristemente velhaca, sua mulher tinha morrido, a pequena chama alegre já não brilhava, um vozerio às vezes o apavorava completamente e sem uma palavra ele esperava o fim, seus grandes olhos nus olhavam lá longe ao fundo para alguma coisa, um corpo nu de esposa outrora, talvez. As más línguas, que têm pouca imaginação, diziam que ele começara a beber; é verdade que uma vez, na praça Bonnyaud, debaixo de uma chuvarada de noite amarga, eu o vi descontraído sair do café Saint-François, marcialmente descer gesticulando a ladeira da rua das Maçãs, com a capa de chuva dançando no seu passo que, naquele dia, estava mais para a cançoneta do que para o alexandrino, e fulminar soberbamente assim, com efeitos de capa ou de sobretudo escocês no vento do porre, um Verlaine descabelado. Mas tais excessos eram raros e certamente não essenciais: era um meigo, faltava-lhe aquele grão de violência que os paus-d'água de vocação cultivam e fazem germinar monstruosamente em cada embriaguez; era principalmente o dom que o comovia, não o circuito fechado que vai da mão à boca e que nesse torniquete egoisticamente se exalta e se odeia, mas a mão que se abre para uma outra que pega. Ele sempre oferecia, pois, livros a Roland, mas acontecia cada vez mais que esses presentes, como que reduzidos apenas a sua função de dom sem preocupação com seu conteúdo específico nem com sua adequação ao destinatário, derrapassem, errassem o alvo e fizessem corar Roland, cujo encabulamento perpétuo atingia o máximo; assim, ele já estava no segundo colegial e hauria sem dúvida no *pot-pourri* das celebridades dos "livros de bolso", em que, nessa idade não se sabe a quem escolher, se Huysmans ou Sartre — mas essa mesma indecisão lisonjeia você e consagra você no desejo de ser adulto —, quando, naquele ano, Aquiles o gratificou com um simples Rosny "das idades ferozes" e com um

Baron de Crac ilustrado: não o tinha visto crescer, este menino. No outono do ano seguinte, quando Roland estava entrando na última série e eu na segunda do colegial, uma chuva de castanhas e de coros infantis não receberam o primeiro serviço anual do lento patrício emperucado: ele tinha se aposentado. Morreu no mesmo ano, e é terrível pensar que Roland, que teve uma licença especial de saída para ir ao enterro, que logo de manhã, no dormitório, vestiu com esse propósito a gravata descorada e o paletó meio curto, com cuidado se penteou, raspou o seu projeto de barba, que chorou certamente com sinceridade a única pessoa por quem acreditava ser amado, tenha se sentido aliviado por não ter mais de ser confrontado a esse triste espelho, de arrastar esse grilhão de que se riam as mocinhas, de respaldar esse pai decrépito que não era o de Rémi, seu irmão, mas que de algum modo tinha longamente repartido com o irmão, um e outro ladeando-o em funções idealmente opostas como nas imagens das catedrais, entre o diabrete trocista e o bom anjo por demais regulado, uma alma de pobre coitado. Portanto ele enterrou-o, pranteou-o e se livrou dele. No pequeno pavilhão da estrada de Courtille onde tantas vezes Roland tinha comido os doces da senhora Aquiles, a doidinha, sob o olhar bom, sentencioso, do velho mestre, pergunto-me o que foi feito da única propriedade a que Aquiles se apegara, todos aqueles livros sem herdeiro; pergunto-me em que sala de vendas, em que águas-furtadas se empoeirando ou em que porão apodrecendo repousam como mortos mas que qualquer mão amiga pode ressuscitar, os livros ingênuos que ele destinava ainda a Roland e não teve tempo de oferecer-lhe, e os outros livros, pomposos, ingenuamente humanísticos e tautológicos, com os quais tinha a esperança de alegrar os seus últimos anos.

Mas pode ser que Lá no Alto os velhos autores, os verdadeiros, dos quais sempre se é indigno, e seus intercessores, os benditos exegetas de barbicha do início do século, lhe digam pessoalmente os seus textos, com voz mais viva do que a voz dos vivos.

Roland, de fato, achava que os autores não falam de viva voz; permanecem em seu interminável silêncio; ele mergulhava cada vez mais e melhor no turbilhão desses passados que ninguém jamais vivera, nessas aventuras como acontecidas a outros e que no entanto não aconteceram a ninguém. Ainda bem pequeno, soubera um dia, com encanto ou num desgosto, que em Megara, em seus jardins *modern style*, Amílcar tinha dado um festim; na esteira de dois quase-gêmeos inimigos, um negro e outro moreno, que cobiçavam a mesma princesa, ele tinha-se perdido para sempre naquele país "onde se crucificam leões" no passado simples[2], país que não existia, mas que no entanto tinha o mesmo nome verdadeiro de Cartago, que está em Tito Lívio. Desde então sua vida tinha-se extraviado nos passados simples — eu sei, por ser ele. Agora, ele ficava sabendo que Emma come com as duas mãos o fraterno peixe cor de açúcar, que Pécuchet tardiamente adota um simulacro de irmão para amá-lo e invejá-lo em simulacros de estudos, que o diabo toma todas as formas do irmão para colocar Santo Antão debaixo do pé. Quando erguia a cabeça, quando os belos passados simples se desfaziam naquilo que os olhos no instante vê, nas folhas que se mexem e no sol que reaparece, o presente invencível estava sempre ali sob a forma de Rémi, o contemporâneo das

---
2. O chamado *passé simple* (passado simples) é uma forma verbal do pretérito do indicativo de uso quase exclusivamente literário e cujo uso, portanto, constitui uma dificuldade para os escolares e para as pessoas de pouca instrução. (N.T.)

coisas, o que sofria pelas coisas próprias, Rémi que arregaçava as moças e que olhava para ele rindo: e nesse presente de riso que Roland não sabia abordar senão com os punhos e o dente quebrado, ele se atirava, dava-se mais uma vez um pugilato; isso bastava talvez para a sua verdadeira vida. Depois do colegial, ele foi reprovado na faculdade de letras, em Poitiers, parece-me.

Rémi, pois, ficou ainda dois anos no liceu de G., liberado de Roland ou vagamente viúvo: naqueles corredores ventosos, naquele pátio espectral onde os garotos haviam crescido num relâmpago de sete anos, na pretensiosa alameda de lampadários dos domingos à noite, ele devia encontrar em muitos passos outro ruivinho de roupa curta, mas que não brigava mais; talvez Aquiles também, às vezes. Foi por volta desses anos que formamos uma turminha, Bakroot e Rivat, Jean Auclair, o grande Métraux e eu. Tínhamos em comum o gosto pelas aparências e a vergonha secreta de não parecer mais do que éramos, fingíamos; as quintas-feiras nos lançavam para as pequenas fingidas que não sabíamos serem como nós, franzinas e esfomeadas, mas risonhas. Ninguém de nós teve tanta sorte — quero dizer, apertos trêmulos e gulosos de mãozinhas brutas, dolorosos desejos sem saída horas a fio colados a um outro desejo de saia, pretextos para delicadas dores de coração e para poemas sem valor rabiscados na sala de estudos —, ninguém teve sob os seus tantos olhos virados quanto o pequeno Bakroot. Montávamos com alfinete essas bagatelas, ligeira ou sentimentalmente conforme o humor; já Rémi não falava mais disso, estando agora o seu único público digno, ou o destinatário de seus prazeres longe demais para ouvi-lo ou receber a sua oferenda. De fato, ele continuava com sua coleção acrescida de clichês; mas fazia seu inventário com melancolia e já um pouco de nostalgia, como um rei impaciente, que uma conjuntura quietista dedica à paz, passa em revista pela centésima vez suas tropas às quais não falta um botão de perneira sequer, mas de que adianta se o inimigo se desmobilizou e beija suas mulheres, banqueteia-se e trabalha longe dos clarins. Mas quando, em um a cada quatro domingos, pegava o ônibus azul e vermelho desconjuntado que, por lugares de grandes pedras desbarrancadas no mato raso, por Saint-Pardoux, Faux-la-Montagne, Gentioux, leva seu frete de camponesas e de alunos a Saint-Priest-Palus, Saint-Priest ou a outro lugar, aquele que Rémi perto de nós só chamava de "o Idiota", seria talvez, ele jubilava, como para um encontro amoroso.

Nos bancos escolares, o pequeno Bakroot era brilhante — o irmão também era bem dotado, é verdade, à sua moda mais opaca e como que ausente. Rémi não tinha medo das pessoas, que são uma coleção indefinidamente extensível de palavras com ligações imprevisíveis, nas quais as disciplinas escolares recortam para si não se sabe por que um leque de preferência a outro, as palavrinhas rasteiras ao chão para a botânica, o considerável brilho das palavras caídas das estrelas para a óptica, e as palavras da óptica suspensas sobre as da botânica para a literatura francesa: assim Rémi há tempos elegia tal dia os piões, no dia seguinte as bóias de pesca, e no outro dia, dando-se conta de que bóias e piões por terem a mesma forma podem não ser senão uma única série a despeito de suas funções diferentes, ele os reunia. Conhecia todas as regras absurdas e tirânicas que dão o domínio do presente: podia empregar também os passados simples, com o que o pobre Roland ficava abismado, mas não lhes reconhecia outra virtude a não ser a de impressionar um professor purista. Ele lidava perfeitamente com o latim e com a matemática; sabia manipular e veladamente variar os belos engodos que, numa redação, atraem e subjugam os professores cansados, os pobres crédulos: colocava-os também no bolso. E depois, como se sabe, animava os penduricalhos, os dolorosos fetichezinhos em que a coisa inteira aparece mesmo em sua ausência; ele não era Roland para ter o extremo cuidado de pretender atingir diretamente uma essência nunca verificável; tinha medo de estar mal vestido; o quepe duro e os galões escarlate cativavam-no: preparou-se para o concurso para Saint-Cyr[3] e foi admitido.

De lá escreveu-me algumas cartas, assim como a outros do pequeno grupo disperso. Mas não voltei a vê-lo em uniforme de gala senão uma única vez, e então ele estava morto.

Foi durante as férias de Natal. Numa faculdade de letras onde não tinha encontrado Roland, eu estava hesitando ainda entre os passados simples e o simples presente, e seguramente preferia este, embora saiba que o meu apetite grande demais por ele me entregava ao outro, ao ético, ao carrancudo, ao anoréxico. Essas férias de Natal, passei-as em Mourioux; um da turma me contou que Rémi não estava mais entre nós; o grande Métraux veio me buscar, com seu Citroën 2 CV, para os funerais. Ele nada sabia do acaso qualquer que tinha encontrado e parado Rémi, e que fazia com que nós dois, no Citroën sacolejante, rodássemos na direção de Saint-Priest-Palus.

Tinha nevado muito naquele ano; já não estava mais nevando, mas pesados montes de neve escorregadios, erosivos

---

3. Prestigiosa academia militar. (N.T.)

como o próprio tempo e como ele cinzentos, dissimulavam os declives dessa região declivosa. Quando, perto de Faux-la-Montagne, bordejamos um planalto de rochas desbarrancadas e de pinheiros desmastreados sobre os quais as nuvens rápidas sempre fomentam alguma perda, esse planalto desastroso perto do que mesmo o velho Saint-Goussaud parece risonho, os montes de neve engrossaram ainda mais: a base das rochas perdiam-se neles, sua velha cólera depunha as armas, e, reclamando debaixo do verme dos liquens, mais naufragadas ainda do que antes, suas quilhas reviradas flutuavam sobre aquele mar sujo, parado debaixo de um céu sujo. Nossa máquina ofegante lado a lado rodava entre esses monstros caídos como uma baleeira em Melville; e sem fogo de santelmo em nossos mastros, nem, sobre a capota do 2 CV, um deus persa feroz, mas tratável talvez. Dentro dele, nós nos lembrávamos, Métraux cantou um refrão da turminha (havia um século), não confessamos aquilo que já nos estávamos tornando. Depois não dissemos mais nada. Chegamos adiantados em Saint-Priest-Palus.

O sítio dos Bakroot, por cujo caminho perguntamos, ficava um pouco afastado da vila e quase no mato, no rincão chamado Camp des Merles[4]: uma morada anã de comedores de batatas debaixo do eterno colosso cinza; a neve dos telhados estava derretendo, gota a gota; defronte, do outro lado da estrada, um módico abrigo de alvenaria, de um cinza pungente, com cartazes convidando para bailes dados em cafundós de nomes impossíveis, indicava uma parada de ônibus. Achei que era ali que parava o ônibus azul e vermelho dos domingos, e que um jovenzinho de queixo zombeteiro pulava dele para ir brigar com sua velha história, a mais

---

4. Campo dos Melros. (N.T.)

antiga de suas aventuras; achei também que provavelmente eles tinham ido muitas vezes juntos, a pé, ao baile em Soubrebost, em Monteil-au-Vicomte, caminhando lado a lado e se afastando aos sábados depois da sopa naquela estrada, de terno que os esbeltava e feia gravata, cotovelo com cotovelo e por vezes se roçando, mas sem se olharem, com passo brusco e irascível, até a sala de trás de um café sinistramente enfeitada e endomingada, sacudida como num sonho febril por um metal e um acordeão, onde apareciam ao mesmo tempo na porta, mesmo queixo e tez batava, mesma loucura flamenga, mesmo cabelo curto e mal penteado de bruto, mas não o mesmo olhar para as garotas nem a mesma mão nas saias, não a mesma língua, e na sala suarenta, perdida, na festa, o pequeno "amoroso" embalava pastoras sob os olhares do outro, para o outro que apaixonadamente ficava assistindo sem dançar até o amanhecer; e, voltando no escuro para Camp des Merles, o pequeno com odores de garotas nos dedos e o grande com a marca das unhas na palma da mão talvez, de novo cotovelo com cotovelo, de novo com passo furioso, paravam de repente como um só homem e sem combinar se agarravam ao pescoço, só pela noite.

Em cima da comprida mesa da cozinha fumacenta, entre o bule de café e o litro de vinho, os nobres e violentos líquidos com que os camponeses acham que devem ratificar, pelo calor que da boca passa ao corpo onde a alma desfruta dele, a cândida crença em sua vida daqueles que vieram saudar os mortos que não têm mais sede, estava colocada uma coleção de quepes, chapéus de *uhlans*[5] ou soldadinhos de Andersen

---

5. Uhlan (pelo alemão, palavra de origem polonesa ou tártara): cavaleiro, mercenário das tropas polonesas, russas, austríacas e alemãs. (N.T.)

em outros descongelamentos de inverno. Não havia ninguém, um fogo crepitava; empurramos outra porta que dava para uma sala de fundos úmida e glacial, onde queimavam velas. Era ali que ele estava; sobre duas cadeiras, o esquife aberto esperava por ele, mas ele não tinha pressa, como nunca teve, inspecionando suas bugigangas ou rodeando as moças, e era preciso que todos aqueles palermas o vissem um pouco de uniforme. Entretanto, tanto quanto se podia julgar com base naquela rigidez última que é um uniforme muito mais perfeito, nesse manequim anônimo de onde sumira a alma, o porte e o jeito, o pequeno gesto com a ponta dos dedos que leva de volta para o pulso um punho e os dobramentos ínfimos que dão um aspecto vantajoso, eu teria jurado que ele tinha envergado mal seu uniforme: vamos, era mesmo um pulacórregos de Flandres se atrapalhando com a espada hidalgo. O grande queixo em posição de sentido deve ter sido algo burlesco e maldoso de se saber assim, petainista, prestes a não dar certo: talvez fosse melhor que as calças vermelhas estivessem caídas ali, em cima do grande cobre-pés camponês, e que a túnica de carvão em brasa, essa treva um pouco luzente na chama das velas, não existisse mais do que para me lembrar da armadura negra do Temerário finalmente inofensivo, estendido em Nancy.

Será que também pensava nisso Roland, Roland a quem esse uniforme tinha sido particularmente dedicado, o Idiota, que ninguém chamaria assim, sentado, espectral e de queixo mau, tocando teimosamente com a língua o dente, que a coisa deitada ali tinha outrora quebrado? Eu me perguntava se algum dia eles se tinham reconciliado, conciliado mesmo com a ponta dos lábios, se tinham trocado alguma coisa além de seu amor louco, de sua cólera tenaz que não atingiam as palavras, que eles portanto nunca se tinham dito tampouco. Roland olhava aquele palor, lia-a como um livro, carrancudo e estupefato: assim sendo, Rémi era um livro agora. Em torno desse face a face, figurantes, havia alguns ex-colegas de Saint-Cyr desajeitados cuja quinquilharia incôngrua tilintava às vezes na sombra, alguns parentes das aldeias, os próprios pais, o pai calvo e flamengo, a mãe estupefata com olhos esbugalhados e flamenga, ambos doloridos, desarmados, e orgulhosos disto, de estarem enterrando um oficial de Saint-Cyr. Eles eram bem pouco notáveis: era ali, entretanto, nas pernas atarefadas desse casal de camponeses semelhantes a tantos outros que se tinha fomentado, nunca se saberia como aquela rivalidade exclusiva, aquele torneio à antiga que havia alçado tanto os dois irmãos acima deles próprios, os havia dotado para os estudos, havia suscitado o amor de um velho mestre abandonado por um e por outro, o gosto de tantas moças, e se tinha terminado, como se deve, pela morte de um.

Aproximava-se a hora, Rémi não a ouvia bater, pensavam nisso por ele; puseram-lhe o quepe, sobre a calota azul o casuar trepidante fez-lhe como uma almazinha que se vai; dois colegas pegaram-no pelas axilas e pelos pés e puseram-no bem devagarinho lá dentro, com gestos deferentes como se enterra em trajes guerreiros um conde de Orgaz — mas, meu Deus do céu, como esse ficava mal em sua mantilha. Teve-se dificuldade para encaixar a espada, um queria pô-la ao lado, mas era mais conveniente, dizia outro, colocá-la em suas mãos juntas: o que acabaram fazendo mais ou menos. O marceneiro de Saint-Priest cumpriu os últimos termos de seu contrato, a tampa fosca entrou em seu lugar exato, e então, como Roland um pouco debruçado não via mais sua querida sombra, Rémi desapareceu. A mãe chorou, as correntes dos cadetes fremiam; fora, gota a gota, a neve voltava a tornar-se chuva.

Não há cemitério em Saint-Priest-Palus, é pequena demais; tivemos que nos transportar para Saint-Amand-Jartoudeix, povoado gêmeo cujos sitiozinhos naufragados navegavam também entre rochedos; debaixo de seu chapéu de neve, havia no cemitério uma igrejinha esmagada como imagino que se vê no Borinage, em Drenthe ou Nuenen, na região das pinturas e das turfas. Lá, sob o dobre no vento frio, várias pessoas esperavam: entre elas, Jean Auclair, já um pouco volumoso, já bem calçado por ser corretor como o pai, há dois aninhos; Rivat, o mais fiel, o discípulo, que se tinha também preparado para Saint-Cyr, fora reprovado sem ficar surpreso, e talvez estivesse surpreso agora, pela primeira vez: olhava todos aqueles casuares branquearem, aquelas luvas de comungantes naquelas mãos viris, e de casuar e luvas brancas tipos que não eram mais irresistíveis do que ele, nem por certo mais bem trajados, que usavam óculos e escondiam indigentes mágoas de coração. No povo anônimo das camponesas de chapéus pretos, de lenços, de cacheados de capital de cantão, cerimoniosas, e todas, das avós que o tinham visto deste tamanho às pequenas que há pouco Rémi embalava com seu acordeão, velhotas, como uma chama sobre essa cinza se mantinha ereta e agressiva uma lindíssima moça de cabelos soltos, com os cabelos também de palha gelada, de carne vitoriana, uma ruiva de pintura ou de canção melodramática. Eu a conhecia, eu a tinha visto nas redondezas das faculdades, em Clermont; nunca tinha falado com ela. Nossos olhares se prenderam, fiz-lhe um vago cumprimento e não pude saber se ela respondeu: entre nós passavam quatro cadetes lentos com sua carga de homem morto. Roland que os seguia era o mais carregado. A igrejinha de Borinage se fechou atrás de nós, sobre o seu latim, sobre suas cadeiras mexidas quando as pessoas se levantam, sentam-se de novo, sobre deambulações estranhas, seu grande frio e seus pequenos objetos de ouro, sobre seu *Dies Irae* que é cada dia.

Os Bakroot não tinham jazigo, a sepultura fresca estava aberta: esse buraco e barranco de bela terra bem nova, entre a velha neve cinza e as lajes com cristos enferrujados, com flores apodrecidas, eram primaveris e reconfortantes. Os coveiros com suas cordas fizeram descer devagar nesse labor fresco a obra do marceneiro, com algo que não se via dentro. Era um enterro como todos os outros, como em Courbet, como em El Greco, em Saint-Amand-Jartoudeix: o hálito dos cadetes punha-lhes na boca outro pequeno penacho; a barra das calças vermelhas estava enlameada; algumas camponesas tinham lenços, a ruiva muito ereta e um pouco recuada olhava a árvore impalpável das fumaças azuis subirem dos telhados, crescer, perder-se em direção da aldeia lá longe. Dois choupos misturavam seus galhos com o vento; um único corvo, de um canto ao outro do céu medindo a extensão, passou sem um grito. As primeiras pazadas caíram; à beira do fosso, Roland se abaixou rapidamente, colericamente, sua mão largou alguma coisa; o grande Métraux, que estava bem ao seu lado, olhava intensamente, alternadamente para Roland e para o que a terra encobria; não se ouviu mais o barulho claro que ela faz sobre a madeira oca, mas somente terra sobre terra. Era o fim. Logo estávamos nos carros, depois dos cumprimentos da porta; conforme íamos saindo, vi Roland que voltara sozinho para lá, junto à sepultura, póstumo, mas bem ereto e plantado como alguém que bate: romanescamente, idiotamente, pensei num capitão pela última vez visível sobre sua baleia branca que já debaixo dele soçobrou.

Durante a volta, por entre as baleeiras emborcadas e os monstros mortos, Métraux me disse de repente com voz estranha: "Você se lembra das gravuras que Rémi rasgou no Kipling, há muito tempo?". Como eu me lembrava!... "Roland jogou-as na cova, há pouco." A neve voltou a cair antes que tivéssemos deixado o planalto, avarentamente de início, logo em seguida em grandes flocos densos: o mundo desapareceu.

E só eu escapei, para vir lhe contar.

Vida do pai Foucault

Foi no começo do verão, nos primeiros anos da década de 1970, em Clermont Ferrand. Minha breve estada no mundo do teatro estava terminando; a companhia tinha-se dispersado, tendo alguns assumido diferentes compromissos, outros, como eu, esperando, de não sei que mudança repentina de vento, um salto completo no destino. Marianne e eu tínhamos ficado sós no casarão a que chamávamos a "Villa" e que há pouco todos ocupávamos, no alto da colina, no fim de um longo pomar; as cerejas estavam passadas; a sombra quente e bronzeada da grande cerejeira banhava as janelas com mansardas do primeiro andar, onde vivíamos; nessa sombra ardente, eu despia longamente Marianne, detalhava-a na fornalha, jogava-a no assoalho louro que o torpor dos dias cozia; no âmago desses reflexos conjugados, as passagens demasiado róseas de suas coxas tomavam laivos de um desses Renoir em que, violentamente exibido no clarão de um sol mas tomado ainda numa meia luz de meda de trigo, o contorno malva das carnes surge mais nu de se sombrear de ouro, de trigo púrpura; a veemência de minhas mãos, a exultação de seus saltos e o excesso de sua boca, faziam fremir aquela carne e aquelas nuances, uma e outras pesadas: os gritos de Marianne com as saias levantadas, o suor e a penumbra rica, são o que eu conservo daquele verão, antes do fato que vou contar.

    Marianne tinha aceitado já não sei que trabalho temporário sub-remunerado, para fazer durante o verão; assim, tínhamos algum dinheiro. Cansados talvez de trocar nossos suores, uma tarde saímos; talvez Marianne se lembre desse fim de tarde e das mínimas formas que tomou o tempo, de meu rosto mudando, de sombra e de luz sucessivas, atravessando o abrigo de tílias da praça principal, de uma palavra dita por mim, do olhar que lancei para a alta presença do Puy de Dôme, que toma a cor violeta com o crepúsculo; esqueci tudo isso; mas me lembro, e ela certamente também se lembra, de que eu estava segurando um livro comprado no mesmo dia, o *Gilles de Rais* de um grande autor, e ela se lembra da capa de um vermelho profundo, de brilho amortecido, como um livro de brinde. Jantamos num restaurante da rua dos Mínimos, que à tarde se povoa de presenças fardadas, de olhares sombrios saindo das sombras dos pórticos, de saltos duros e sonoros. Bebi muito; terminei a operação com a ajuda de numerosos copos de verbena de Velay, licor de monges que é verde como uma fonte de Chassériau, e de efeito dissimulado, febril, pastoso. Saí bêbado na noite; Marianne estava preocupada, o olhar indiferente das prostitutas perseguiu-nos até o fim da rua escura; a luz das avenidas centrais me exasperou. Caminhamos de bar em bar, sendo que minha ira aumentava com o tolhimento de meu verbo, cada vez mais pastoso, afogado em sombras, sonoro. Eu me entregava às gemônias: minha língua já nem mesmo podia dominar as palavras, como poderia então escrevê-las? Vamos, melhor o embrutecimento simples, *gin-fizz* e cerveja, e a retomada dos "caminhos daqui, carregado de meu vício": se fosse preciso morrer sem ter escrito a respeito, que fosse na mais estúpida exuberância, na caricatura das simples funções vitais, a embriaguez. Consternada, Marianne ouvia-me, seu imenso olhar apertava minha boca.

No La Lune, os neons de um rosa-*lingerie* que recortavam nos rostos planos bruscos de máscaras mortuárias, as cadeiras ignóbeis e os cinzeiros abarrotados levaram ao cúmulo o meu furor; eu fugia; eu era, movediça, essa cadeira de fórmica e, vivo, esse cadáver, quando empurrei a porta da Cervejaria de Strasbourg; continuava segurando o *Gilles de Rais*. No bar, passando com mímicas de malabarista de uma mesa, onde cabeleireiras morriam de rir, a outra, onde costureiras assumiam poses de otomanas, um mata-mouros estava em cena; o homem era jovem, de boa compleição, exibindo no topo de um terno um olhar de arregaçador de criadinhas; sua fatuidade era inofensiva. Seus lances laboriosos de Don Juan aviltado, a boa vontade de seu público feminino cujas maquiagens e cacarejos me inflamavam tanto quanto me irritavam, sua palavra ostensivamente finória e um pouco disfarçada demais debaixo de uma rouquidão para que não lhe pudessem desmascarar a acabrunhadora nudez, tudo isso inflectiu o curso de meu arrebatamento. Sorri; minha raiva exultou por enfim desviar-se de mim mesmo e ir, menos violenta e como que compadecida, fixar-se noutro alvo: tomei a palavra.

Eu estava sentado no fundo da sala, numa meia penumbra; o bonitão se exibia junto do bar, em plena luz; falávamos um ao outro, um depois do outro, em voz altíssima e teatral, numa cumplicidade odiosa. Com os dentes cerrados e fingindo não me ouvir, ele prosseguia bravamente o seu número; mas prosseguia sem freio na língua e já não falava senão para oferecer seu papo à minha censura: nenhum de seus erros de língua de fato eu deixava de corrigir exclamativamente, com pavoneamentos de vigilante; nenhuma de suas frases inacabadas que não fosse por mim concluída num sentido pesadamente cínico; nenhum de seus subentendidos de que eu não explicitasse os princípios — seu apetite pela carne gorda das cabeleireiras — e os fins — a posse desejada dessa carne. Eu estava bêbado, sem dúvida, e minha palavra havia tomado o jeito apropriado, pastosamente intempestivo e que se acha soberano; entretanto eu batia certo; eu sabia tanto melhor como ferir o falante e seu desejo, quanto seus sumários apetites eram também meus, e meu esse abuso da linguagem desviado de si mesmo e cativado pela carne como pelo sol o tropismo das flores, abuso que é talvez o seu próprio uso. O homem não é tão variado. Como eu, ele quis agradar pela graça das palavras e, inspirado pelo vermelho de um cacho e pelo branco de um ombro que os neons exaltavam, escrevia uma desajeitada carta de amor, arregaçando o madrigal com que se comove a indiferença; e ele a comovia por certo, ou ia comovê-la, se eu não tivesse perturbado aquela festa inocente, não tivesse incongruentemente entrado em cena com minha exigente embriaguez e meu livro chique, e não tivesse dado uma réplica cheia de ressentimento, de presunção, de furor déspota; ele tinha encontrado em mim aquele que desfaz toda palavra fingindo estar acima dela, que refuta a obra levando capciosamente a boca e o espírito acima da boca e do espírito que com dificuldade opera: quero dizer o leitor difícil.

E, como acontece, era a este leitor que doravante ele se entregava, em pura perda; para essa sombra detestável, ele abandonava suas lindas presas; era como um rei de tragédia antiga que, por um erro de libreto, tivesse ouvido o corifeu contar com que cinzas odiosas, com que trono de argila era construída a sua realeza precária — e suas súditas ouviriam também a inoportuna voz em *off*. As moças, por certo, que me lançavam olhares raivosos e desdenhosos, pareciam sempre suas cúmplices; mas já não mais sua corte, ele tinha decaído, era preciso que elas o defendessem, o encanto sultanesco estava quebrado. Eu só viria a saber depois da embriaguez que os deuses não me haviam dado um papel tão prestigioso: um corifeu que entra em cena e que ataca o rei, aponta a fragilidade da coroa para melhor colocá-la na própria cabeça e finge onisciência para usurpar o lugar do usurpador, esse deixa de ser um corifeu para se tornar um rival, e da mais comum espécie. Mas a embriaguez me dava um belo papel: eu nadava numa felicidade ácida.

Essa felicidade durou pouco; continuei a beber e o que me restava de espírito mal devia bastar para plantar algumas bandeirolas. Aliás, o homem desapareceu na pesada noite de verão: não o vi sair, mas somente a baforada de escuridão densa na porta de vaivém. Fiquei embrutecido; as moças logo se lançaram por sua vez na noite. Uma delas, de longos cabelos castanhos e adornos de *strass*, tinha na boca um resto de infância debaixo da espessa vulgaridade da maquiagem; ela voltou para pegar uma bolsa ou uma luva esquecida: os gestos bruscos diziam a sua baixa extração, e sua segurança barulhenta, seus esforços e seu insucesso para sair desse estado; ela pode ter sido criada entre um poço e avelaneiras, como se vê muitas em Cards, e alguém do campo, naquele instante, pensava nela; evitou o meu olhar. Ela não era tão desprezível certamente: aquela carne tinha lembranças, choraria mortos, veria ruírem seus desejos; não me pertenceria nunca. Minha embriaguez se beneficiou, abismei-me com delícia na complacência.

Tendo eles saído, certamente ficamos ainda muito tempo naquela cervejaria, Marianne morrendo de cansada, e eu sentimental. Minha ebriedade de há pouco já não passava de pesada ressaca, daquelas que aplainam qualquer característica individual em proveito de uma metafísica sombria comum a todos os homens, e que eu tinha visto transformar em piões praguejantes os operários agrícolas, em Mourioux, aos domingos à noite. Eu tinha esquecido o incidente; ou melhor, não guardava dele, estendida no fundo de meu embrutecimento, senão uma tela de remorsos e de infâmia, cenário de ergástulo ou de Boca de Inferno de papelão sobre o cartão pintado da noite. Marianne tinha o defeito de me ouvir demais, e certamente para ela, testemunha e juiz que de antemão me absolvia, eu me embaraçava numa palinódia complicada, indulgente e matreira, protestando minha inocência; queria que ela me confirmasse: eu não tinha atacado aquele homem; não tinha eu dele, como de mim, um dó infinito? Não fora esse dó apenas que tinha inspirado as minhas réplicas enfezadas? Não éramos do mesmo modo infelizes usuários das palavras, por nós manuseadas com muito pouca sabedoria para que se tornassem para nosso uso a arma soberana que sempre atinge o objetivo, para ele a derrocada de uma carne e para mim o fecho de um livro? Escapava-lhe a carne branca, as folhas sempre brancas do meu livro infelizmente inabordável não me escapavam menos; nem ele nem eu cobriríamos de noite uma e outras, gozo rouco ou palavras escritas: não conhecíamos as palavras-senha.

A memória não pode restituir fielmente os espessos caprichos da embriaguez, e se cansa de esforçar-se por fazê-lo. Vou resumir. Não sei que variação brusca de humor me fez procurar briga com o *barman* que me expulsou, com rudeza mas sem raiva. Andamos, talvez rumo a outro bar; eu estava suarento, intranqüilo sob o céu de breu. A uns cem metros dali, o homem estava me esperando. Sem acrimônia aparente, com rosto de mármore, ele me mandou com voz surda que me "explicasse"; eu estava mesmo de acordo; apontei-lhe manhosamente o café mais próximo, onde poderíamos falar mais à vontade: o Comendador gostaria de tomar um copo por minha conta? Um punho de ferro atingiu-me o rosto. Não fiz nenhum gesto; de resto, o álcool tornava-me insensível. Mas falei: não sei que palavras ele ouviu, pois soco em cima de soco ele me enfiava boca adentro; seus punhos eram-me um bálsamo, minhas palavras e meu riso, achava eu, eram-lhe uma grelha; eu exultava: o escravo se revelava, dava uma representação muda da impotência de seu verbo; para me submeter, ele tinha de fazer entrar em cena a opacidade do corpo; ele revelava a sua sujeição como um joão-ninguém espanca seu rei. Caí por terra; o sangue espirrou através das palavras; ele bateu com o pé no meu rosto torcido de dor e de riso, em golpes repetidos; suponho que me teria matado e que eu queria que ele me matasse para consagrar a nossa comum vitória, a nossa comum derrota. Antes de desmaiar, vi o rosto aterrorizado, o rosto de dor de Marianne, encolhida contra o muro em seu vestidinho de linho malva de que eu gostava tanto: eu não era mais um rei do que o meu adversário era um porco, nós penávamos de conserva sob um olhar de sofrimento; tínhamos medo.

Ele não me matou. Mas continuava batendo com o salto em meu rosto insensível e finalmente mudo, quando passou uma ronda de polícia providencial (meu corpo sempre teve sorte, e também minha sobrevivência, se minha vida é tão sem sorte quanto aquilo que escrevo a seu respeito). Voltei a mim no terraço, deserto a essa hora, e lívido, do bar próximo; estava abraçado a Marianne; a luz que mergulhava afogava de sombra o rosto dos guardas, sob a viseira aguda dos quepes; as correntes e os galões cintilavam, as faces de sombra me ofereciam traços indecifráveis. Um *barman*, diabrete preto e branco, fazia-me beber conhaque; um pouco de sangue meu manchava sua toalha; os lampiões da praça estendiam para as estrelas altas braçadas de folhas de tília, douradas e verdes como a relva e o pão, de grande suavidade. Eu estava em paz, não entendia nada e me preocupava pouco, aspirava ao sono; gozava do usufruto de minha morte. Ofereceram-me apresentar queixa; declinei sem amargor: não tinha sido atingido gravemente sem dúvida, o torpor de meu rosto acrescido à embriaguez me fazia uma máscara de êxtase; além disso, aleguei que conhecia o homem, que ele era de certa forma amigo meu. Os policiais não insistiram. Um táxi nos levou para a Villa.

Ao despertar, vi Marianne debruçada sobre mim; estava chorando; tinha uma expressão, incrédula e terrificada além do que se exprime, de um supliciado olhando para seu próprio corpo espancado, depois da passagem da maça. O dia foi odioso para mim, eu tinha uma dor de cabeça espantosa. Um relâmpago de terror me gelou: quem havia eu matado? Petrificado, eu permanecia imóvel, enquanto Marianne embalava sua dor acima de mim. Lembrei-me finalmente da briga da véspera; aliviado, eu me mexi, levantei-me cambaleando, cheguei até o espelho. Um capricho impuro me olhava ali, uma metade de rosto de cretino: o lado esquerdo da face era outra, inchada e violácea, onde corria de maneira abjeta a fenda distendida, purulenta, da pálpebra. A bochecha e o olho direitos estavam intactos, como se todo o mal — "meus pecados" — tivesse aflorado do lado sinistro com uma vontade delirante de encarnar a confissão, num inchaço de diabo num lintel românico. E românica era também essa piedosa chaga, maniqueísta, grosseiramente simbólica, de uma risível lógica: eu tinha roubado de um homem suas palavras, tinha-as devolvido a ele desnaturadas; ele tinha em retorno desnaturado o meu corpo, e estávamos quites. Meu rosto trazia em si a quitação.

Atirava-me na minha cama, pedindo perdão a Marianne, acariciando com tremores aquele rosto querido que nossos dois sofrimentos me tornavam mais caro. Tinha vomitado em cima do travesseiro onde estava deitado; que importava: ela falava comigo como com uma criança, dava-me uma paz que não é deste mundo (como daria eu a entender que esses gestos eram tão despropositados quanto meigos?); tudo, sua boca e suas mãos, tornava-se rosas, como acontece com as *pietàs* italianas e com os rufiões de Jean Genet. Fui hospitalizado no correr da tarde; estava com a órbita e o malar fraturados. O olho, miraculosamente intacto, podia ser salvo.

Faltava-me algo. Pequeno Polegar embebido e letrado, eu havia pelo caminho semeado o *Gilles de Rais*.

Um embrutecimento bem-aventurado recobriu os primeiros dias de hospital. No semicoma, minha embriaguez parecia não dever terminar; estava vivendo a mais longa de minhas ressacas, e convinha que assim fosse. Fui operado; por certo fora insuficientemente anestesiado, pois tive consciência do jogo dos trépanos sobre o osso de minha bochecha; mas isso sem dúvida como dentro de um ligeiro sonho em que tivesse assistido à minha própria autópsia, benigna e reversível, para minha edificação; abriam-me como a um livro e como tal eu me lia, em voz alta e confusa, para o maior prazer dos médicos residentes cujos risos eu ouvia. Eu estava no Bardo, entre os dentes e as garras das deusas comedoras de crânios; e, como ao "filho nobre" do Bardo, vozes benevolentes me sussurravam que tudo aquilo era ilusão, que lá fora o impalpável verão tinha mais consistência do que meu corpo, meu corpo que só tornavam menos ilusório a embriaguez, o múltiplo corpo dos livros, a carne eucarística de Marianne.

Puseram-me numa sala comum, aberta para um pátio interior onde também floresciam tílias, como na praça onde eu tinha levado minha tunda; o dia de ouro se recortava nelas como num filtro de ouro. Aquelas árvores saborosas são estimadas pelas abelhas; e o possante murmúrio destas que se ampliava na tarde parecia a própria voz da árvore, sua aura de maciça glória: assim deviam zumbir os anjos diante de Ezequiel prosternado. O necrotério se abria também para esse pátio: às vezes debaixo de um lençol uma forma deitada passava, cujos padioleiros pilheriavam com os doentes pela janela aberta; eu não estava debaixo daqueles lençóis, os meus olhos viam o verão, eu tinha oportunidade de falar dos mortos. Conservo desses dias uma lembrança de encanto profundo. Lia o *Gilles de Rais,* de que Marianne havia encontrado o rasto — o mesmo *barman* que me havia posto para fora o havia amavelmente guardado para mim. Eu pensava no verão da Vendée que a esta hora calcinava as ruínas de Tiffauges, com matos altos como aqueles que o Ogro tinha pisado, outrora, com riachos de prata ladeados de árvores tênues debaixo das quais ele tinha chorado, de arrependimento e de horror. Nada, para ler essa história, me convinha melhor do que a proximidade das carnes em sofrimento nos lençóis pálidos, sob o riso vencedor de julho: a idiotice conquistadora das enfermeiras me fazia absolver Gilles; a paciência angélica de certos moribundos me fazia maldizê-lo. Em Marianne debruçada sobre mim choravam todas as crianças degoladas, e as crianças sobreviventes rejubilavam em seu riso; em mim ogres vagos, voluntariosos, expiavam insuficientes festins.

 Marianne vinha toda tarde. Dava as costas para a sala e sentava-se bem perto de minha cama, de maneira que debaixo da saia ligeira minha mão pudesse longamente comovê-la, sem que a vizinhança notasse, e meu olhar mantivesse suas pernas abertas e seus cílios baixos: com pouca diferença, era a minha leitura que prosseguia nesse prazer diferido. Nem tudo era febre, no entanto; também falávamos alegremente e devíamos bancar os pombinhos despreocupados, cujos folguedos distraíam ou atiçavam meus companheiros de sorte, todos com idade maior que a minha. Um dia, um deles, tendo-se aproximado de meu leito, disse a Marianne algumas palavras que não entendemos, com uma voz desajeitada e precipitada de homem tímido, que uma afecção de garganta tornava ainda mais surda; ele repetiu, animado pela boa vontade de Marianne. Finalmente entendemos: ele precisava entrar em contato com seu patrão; não sabia usar o telefone: Marianne poderia ajudá-lo e fazer a ligação?

 Eu os vi afastar-se, a jovem falante carregando debaixo da asa o velho transido. Este tinha-me cativado desde o primeiro dia, sem que eu arriscasse dirigir-lhe a palavra: sua suave taciturnidade me intimidava. Assim, era o único cujo desejo de não ser notado tornava notável. Não participava das vagas conversas do quarto; entretanto, interrogado pessoalmente, respondia de boa vontade, com uma solicitude e um laconismo iguais, que desarmavam. Quase não ria das pilhérias; também não fazia pouco caso delas: simplesmente mantinha-se à parte, sem afetação, como se não fosse de propósito e alguma coisa desconhecida, mais forte e mais antiga do que ele, o afastasse do comum.

 Ao deixar meu livro, era para ele que se encaminhava o meu olhar; para ele também quando acontecia de eu ter seguido a silhueta, barulhenta e desejável, de uma enfermeira. Ele ocupava o leito junto à janela; atraído pela claridade ou pelas recordações que para ele só se moviam na claridade, ficava sentado horas a fio diante da luz. Para ele talvez zumbissem anjos, e prestava ouvidos à sua música; mas sua boca não comentava as palavras deles, de ouro e mel, sua mão não transcrevia deles nenhum verbo de ofuscante noite. As tílias traçavam sombras cursivas, trêmulas, sobre a cabeça calva e sempre espantada; contemplava as mãos grossas, o céu, de novo as mãos, a noite finalmente; deitava-se aturdido. O homem sentado de Van Gogh não é mais maciçamente dolorido; mas ele é mais complacente, patético, seguramente mais discreto.

(Van Gogh? Certos letrados de Rembrandt, igualmente enjanelados, pregados a seus assentos de sombra, mas com a face banhada pelas lágrimas do dia, e igualmente estupefatos com sua própria impotência, se parecem mais com ele; mas são letrados; o velho, tanto quanto fosse possível julgar por suas calças de veludo e paletó de droguete, pelo peso de seus gestos também, era do povo simples.)

Chamava-se Foucault, e as enfermeiras, com a indiscreta familiaridade, condescendente, e — quem sabe? — caridosa, que põem em seu trato, chamavam-no de "pai Foucault". Vestido com esse nome de filósofo em voga e de missionário ilustre, "pai"[1] também ele, o velho homem por isso mesmo

---

1. A palavra francesa "père" (aqui traduzida por "pai"), pode ter, pelo menos, três diferentes usos, que correspondem, em português, a palavras (traduções) diferentes: 1) Genitor, homem que tem filhos: "Un père de famille" (Um pai de família); 2) Senhor de idade: "le père Foucault" (o velho Foucault); 3) Aquele que recebeu a ordenação sacerdotal, padre: "Le père Antoine" (O padre Antônio), "Le père Foucault" (O padre Foucault). O texto alude ao visconde Charles de Foucault (1858-1916), oficial convertido que se tornou padre e missionário, e ao filósofo francês Michel Foucault (1926-1984). (N.T.)

parecia mais obscuro, e provocava sorrisos. Nunca eu soube seu nome de batismo. Dessas mesmas enfermeiras (eu tinha caído em suas graças; elas me falavam sem desconfiança: é que eu usava por certo a mesma conversa fiada provocante, atiçadora e vazia; não desconfiavam que esse falar pode pôr-se a serviço da recusa do que elas idolatram, da ausência culposa, do desaparecimento numa incúria raivosa; aliás, eu não precisava ser tão dúplice; eu também talvez gostasse delas: sua carne e fragilidades me agradavam, embora seu conformismo acerbo me exasperasse; e teriam sido boas moças, fora dessa posição de beleguins que tanto mais as curvava, servis, para os doutos de jalecos brancos, quanto eram viperinas, protetoras e caçoadoras para com os mais humildes dos doentes), dessas moças, pois, soube que o pai Foucault tinha um câncer na garganta. O mal ainda não era fatal; mas, inexplicavelmente, o doente recusava que o conduzissem a Villejuif, onde se poderia salvá-lo: obstinando-se a ficar nesse hospital do interior, onde a aparelhagem técnica era insuficiente, ele estava assinando sua própria pena de morte. A despeito de toda admoestação, tencionava ficar ali, sentado, dando as costas para a sua morte que se juntava nos cantos de sombra, de frente para as grandes árvores claras.

Essa recusa tinha com que intrigar; era preciso que a resistência do ancião tivesse a força de uma grande vontade e motivos muito poderosos: não se furta sem teimosia o próprio corpo aos imperativos médicos, cujas pressões são múltiplas e insidiosas, certas de que vão vencer. Mas eu pensava em razões banais, vontade de não se afastar dos familiares ou enraizamento, obtuso e sentimental, de camponês, que são moeda corrente nos hospitais. Entretanto, pareceu que havia outra coisa; Marianne, graças a essa conversa telefônica, logo seguida de várias outras em que do mesmo modo ela serviu de intermediária ao pai Foucault, tinha respigado pequenas coisas: o homem aparentemente não tinha grandes amarras familiares, embora seu patrão, um jovem moageiro do campo vizinho, parecesse gostar muito dele; este parecia ansioso principalmente em tranqüilizar o ancião a respeito de um ponto aparentemente insignificante: "ele tinha preenchido direito os papéis", e insistia, se era necessário preencher outros formulários, que o informassem, de maneira que pudesse em tempo hábil ir a Clermont. Depois, como o serviço prestado tivesse estabelecido entre nós um princípio de familiaridade (mas da parte dele tão hesitante e parcimoniosa quanto solícita, e da minha, intimidada), fiquei sabendo pela boca do próprio velho que, se ele tinha tido mulher no tempo em que ainda o chamavam de "o pequeno Foucault", ficara viúvo ainda muito jovem, e não tivera filhos. Não tinha tampouco ligações com uma terra natal imaginária: nascido na Lorraine, fora jovem moleiro depois em algum lugar do Sul, acabara por cair ali, graças talvez a essa vontade de se mexer em que boatos promissores e inverificáveis colocam a arraia-miúda, de um parentesco entre patrões, de um acaso doméstico.

Por que desde então, se uma mudança de região lhe era indiferente, recusava que cuidassem dele como convém? Ficava em seu lugar, silhuetazinha retirada como antecipando seu desaparecimento, e que teria sido irrisória se não lhe tivesse acrescentado o instigante segredo, o nobre absurdo de sua resolução, a fatalidade do prazo — era a estranha abertura de sua morte, povoada ou não de anjos, que ele contemplava, e os objetos de seu olhar espantado ficavam como chocados de espanto: o pátio profuso com suas vibrantes tílias, para onde se abria o necrotério com suas cores nítidas como um lavabo destoante numa sala de aparato, tornava-se uma paisagem exemplar na qual por minha vez eu me abismava. Não era só a minha leitura que se povoava de pais Foucault, chapéus baixos e olhares insondáveis, andrajos de pouco peso abandonados à beira de um caminho côncavo por um "cuidado, caipira!" de um cavaleiro cheio de empáfia e de tristeza, a galope em direção de Tiffauges, um menino terrificado de atravessado em sua sela; e entre esses, um deles, aparentemente o mais resignado, ficava no meio do caminho, com o chapéu nas mãos humildes, olhava para o cavaleiro que avançava sobre ele, xingando, e se deitava para sempre na relva, com uma ferradura a lhe sangrar na têmpora. Ele estava igualmente de atravessado no caminho dos doutores, e para com eles não menos deferente do que tinham sido seus antepassados na passagem do tenebroso estripador da Vendée; a estes outros vivisseccionistas, mas agora sem prazer nem remorso, sem fogueira provável nem esperança de resgate, ele opunha seu humilde e sorridente protesto; modesta mas intratavelmente, desdenhava que o conduzissem para onde "seu bem" exigia que fosse: esse "bem", era ele próprio demasiado ínfimo para ter a chave que outros possuíam, e cujo uso lhe mostravam ter todas as aparências de um dever; ele não desistia, entretanto, esquivava-se a esse dever, abandonava-se, corpo e bens a este pecado capital, desprezo do corpo e de seus bens, que é pior do que heresia aos olhos do dogma médico. Ele queria não ter contas a prestar senão à morte, e repelia suavemente as investidas de seu clero.

Assim, os clérigos o perturbavam diariamente. Uma manhã fui arrancado da minha leitura pela entrada, teatral como a dos capitães de uma ronda noturna com todos os homens de sua tropa, de uma delegação maior do que de costume, que se dirigiu diretamente para o leito do pai Foucault: um médico de perfil agudo, magistral e digno como um inquisidor-mor, um outro mais jovem e autêntico mas mole atrás de sua barbicha, um punhado de internos, uma nuvem pipiante de enfermeiras; estavam enviando o bando e o sub-bando para converter o velho relapso; passava-se à questão extraordinária. O pai Foucault estava sentado em seu lugar favorito; tinha-se levantado, mandaram-no sentar-se de novo; e o sol, que deixava na penumbra as cabeças loquazes dos médicos que permaneciam de pé, inundava seu crânio duro e sua boca fechada, obstinadamente: dir-se-ia que os doutores da *Lição de anatomia* tinham mudado de tela, tinham-se juntado na sombra atrás do *Alquimista* à sua janela, e preenchiam o espaço habitual do recolhimento dele com suas pesadas presenças engomadas de branco, com o alarido de seu saber; ele, intimidado com esse interesse pouco habitual que lhe dedicavam e envergonhado por não corresponder a ele, não ousava olhar muito para eles e, em breves olhadelas inquietas, tomava ainda como conselho as tílias, a sombra cálida, a pequena porta fresca, cuja presença familiar o tornava mais sereno. Assim talvez Santo Antão olhasse para o crucifixo e a moringa de sua cabana; porque certamente estavam bem próximo de o comoverem, senão de convencê-lo, esses tentadores que lhe falavam de hospitais parisienses esplêndidos como palácios, de cura, dos seres razoáveis e daqueles que, por pura ignorância, não o são; aliás, o médico-chefe era sincero, tinha bom coração por trás da arrogância profissional e da máscara de *condottiere*, o velho cabeçudo lhe era simpático. Mais do que aos argumentos de razão, eu gostaria de acreditar que foi a essa simpatia que o pai Foucault se sentiu no dever de responder, pois ele respondeu; e, por mais curta que fosse, sua resposta foi mais esclarecedora e definitiva do que um longo discurso; levantou os olhos para seu torturador, pareceu oscilar sob o peso de seu espanto sempre recomeçado e aumentado pelo peso do que ia dizer e, com o mesmo movimento de todos os ombros que ele tinha talvez para se descarregar de um saco de farinha, disse num tom pungente, mas com uma voz tão estranhamente clara, que toda a sala o ouviu: "Eu sou iletrado."

Reclinei-me em meu travesseiro; uma alegria e uma pena capitosas me transportaram; um sentimento infinitamente fraterno me invadiu: naquele universo de sábios e de discursadores, alguém, como eu talvez, pensava quanto a ele nada saber, e por isso queria morrer. A sala do hospital ressoou de cantos gregorianos.

Os doutores debandaram como um vôo de pardais que tivessem entrado por engano ou estouvamento sob as abóbadas, e que a melodia dispersasse; cantorzinho da nave baixa, eu não ousava levantar os olhos para o mestre de capela inflexível, desconhecendo e desconhecido, cuja ignorância dos neumas fazia o canto mais puro. As tílias zumbiam; à sombra de suas colunas estofadas, entre dois padioleiros hilares, um finado debaixo do seu pálio rolava para o altar-mor do necrotério.

O pai Foucault não iria a Paris. Esta cidade da província já, sua vila mesmo por certo, pareciam-lhe povoadas de eruditos, finos conhecedores da alma humana e usuários de sua moeda corrente, que se escreve; mestres-escolas, corretores de comércio, médicos, camponeses até, todos sabiam, assinavam, decidiam, em graus de jactância diversos; e não duvidavam desse saber, que os outros possuíam de modo tão flagrante. Quem sabe: eles conhecem talvez a data de sua morte, aqueles que sabem escrever a palavra "morte"? Só ele não entendia nada disso, não decidia nada; não se conformava com essa incompetência vagamente monstruosa, e não sem razão talvez: a vida e seus glosadores autorizados certamente lhe tinham feito ver bem que ser iletrado, hoje, é de certa forma uma monstruosidade, de que é monstruosa a confissão. O que seria em Paris, onde ele teria a cada dia de reiterar essa confissão, sem ter ao seu lado um jovem patrão complacente para preencher os famosos, os temíveis "papéis"? Que novas vergonhas lhe caberia tragar, ignaro sem um semelhante, e velho, e doente, naquela cidade onde as próprias paredes eram letradas, históricas as pontes e incompreensíveis a clientela e a tabuleta das lojas, aquela capital onde os hospitais eram parlamentos, os médicos dos mais sábios aos olhos dos sábios daqui, a menor enfermeira Marie Curie? Que seria ele em suas mãos, ele que não sabia ler o jornal?

Ficaria aqui, e morreria em conseqüência; lá, talvez o curassem, mas ao preço de sua vergonha; principalmente, se ele não tivesse expiado, magistralmente pago com a morte o crime de não saber. Essa visão das coisas não era tão simplória; ela me esclarecia. Também eu tinha hipostasiado o saber em categorias mitológicas, das quais eu estava excluído; era analfabeto isolado ao pé de um Olimpo onde todos os outros, Grandes Autores e Leitores difíceis, liam e forjavam brincando inigualáveis páginas; e a língua divina era interditada ao meu sabir.

Diziam-me também que em Paris esperava-me talvez uma espécie de cura; mas eu sabia, infelizmente, que se eu fosse propor lá os meus imodestos e parcimoniosos escritos, logo lhes desmascarariam a bazófia, veriam bem que eu era, de algum modo, "iletrado"; os editores seriam para mim o que teriam sido para o pai Foucault as impecáveis datilógrafas apontando-lhe com dedo de mármore os claros vertiginosos de um formulário: guardas das portas, Anúbis oniscientes de dentes compridos, editores e datilógrafas nos teriam desonrado a ambos antes de nos devorar. Por trás do imperfeito engana-vista da letra, ter-se-ia descoberto que eu era plasmado de desconhecimento, de caos, de analfabetismo profundo, *iceberg* de picumã cuja parte emergida era apenas espelho de falsidades; teriam fustigado o charlatão. Para que eu me julgasse digno de enfrentar Anúbis, teria sido necessário que a parte invisível fosse, também, polida de palavras, perfeitamente gelada como o inalterável diamante de um dicionário. Mas eu estava vivo; e visto que minha vida não era um verbário, visto que sempre me faltava a palavra de que eu quisera estar dos pés à cabeça constituído, eu mentia, pois, querendo ser escritor; e castigava a minha impostura, pulverizava minhas poucas palavras na incoerência da embriaguez, aspirava ao mutismo ou à loucura, e macaqueando "o horrível riso do idiota", entregava-me, mentira ainda, aos mil simulacros do falecimento.

O pai Foucault era mais escritor do que eu: à ausência da letra, ele preferia a morte.

Quanto a mim, quase não escrevia; não ousava tampouco morrer; vivia na letra imperfeita, a perfeição da morte me aterrorizava. Como o pai Foucault, entretanto, eu sabia que nada possuía; mas, como meu agressor, gostaria de agradar, glutonamente viver com esse nada, desde que escondesse o seu vazio atrás de uma nuvem de palavras. Meu lugar era mesmo ao lado do mata-mouros, de quem me tinha declarado tão justamente o rival e que, me surrando, tinha consagrado a nossa paridade.

Deixei o hospital logo depois. Não sei se nos despedimos; fugíamos um do outro: ele tinha vergonha de sua confissão pública, ele que não teria, entretanto, muito a esperar para que o câncer lhe quebrasse, com as cordas vocais, toda confissão na garganta; eu tinha vergonha de não confessar nada, pela publicação, pela morte ou pela resignação ao silêncio. Depois, nesse último dia, meu rosto estava ainda deformado pelo ferimento, temi ficar desfigurado; tratava com rudeza Marianne, que tentava carinhosamente me dar segurança; eu carregava, com um vago ódio, o *Gilles de Rais,* a visão das grandes árvores ainda, e o silêncio do pai Foucault.

A doença terá feito o seu trabalho; ele ficará mudo no outono, diante das tílias avermelhadas: nesses cobres que o cair da tarde esmaece, e toda palavra subtraída pela morte em curso, ele terá sido mais do que nunca fiel aos velhos destroços letrados de Rembrandt; nenhum derrisório escrito, nenhum pobre pedido rabiscado num papel terá corrompido sua perfeita contemplação. Sua estupefação não terá decrescido. Terá morrido às primeiras neves; seu último olhar o terá recomendado aos grandes anjos bem brancos no pátio; terão puxado o lençol sobre o seu rosto, tão espantado com o pouco da morte como tinha podido sê-lo com o pouco da vida; essa boca será fechada para sempre, ela que já se tinha aberto bem pouco; e para sempre imóvel, intacta de obra, fechada sobre o nada da lenta metamorfose em que hoje desapareceu, essa mão que nunca traçou uma letra.

Vida de Georges Bandy

a Louis-René des Forêts

No outono de 1972, Marianne me abandonou.

Ela estava ensaiando no teatro de Bourges um medíocre *Otelo*; eu estava havia vários meses na casa de minha mãe, aspirando tolamente à graça da Escrita e não a recebendo: acamado ou de drogas diversas me exaltando, mas sempre distraído do mundo, indolente, furioso, e pregado satisfeito à página infértil por um embrutecimento terrível sem que me fosse necessário escrever uma única palavra. Como escrever, aliás, quando não sabia mais ler: no pior caso, miseráveis traduções de ficção científica; no melhor, os textos beatamente turbulentos dos norte-americanos de 1960 e aqueles, pesadamente vanguardistas, dos franceses de 1970, eram o meu único alimento; mas, por mais baixo que tenham decaído essas leituras, ainda assim eram modelos fortes demais que eu era incapaz de imitar. Eu me inveterava no insucesso, na inércia fascinada; na impostura também: minhas cartas a Marianne, cotidianas, mentiam desavergonhadamente; eu exibia páginas fulgurantes vindas miraculosamente, eu era a Ópera Fabulosa e cada noite me era pascaliana, o céu movia a minha pena, enchia a minha página. Essas fanfarrices eram banhadas numa mistura de lirismo frusto e de tramóias sentimentais. Não conseguia relê-las sem rir e me desprezava, fogosamente; pergunto-me se mudei de estilo a partir dessas cartas inaugurais a um leitor engodado.

Marianne não era uma leitora de romance; engodá-la era sem nobreza: ela me mandava a cada dia cartas ardentes, tinha fé em mim, só tinha consentido nessa separação, para ela dolorosa, para que eu escrevesse. Tinha-me sustentado em meu projeto de fugir de Annecy onde eu não escrevia nada (ela não sabia, embora eu o adivinhasse, que em Mourioux me esperava uma página igualmente branca, que nenhuma viagem nem pedante retiro bastam para preencher), e onde eu tinha passado um inverno funesto; naquela cidade fácil, própria às efusões românticas e ao castigo colorido dos esportes de neve, eu me enfurecia ainda mais do que em cidades maiores, onde a miséria se alivia por se estar sempre perto dela e por ser partilhada. Depois, como Marianne estava participando de um grupo teatral local, eu havia aceitado irrefletidamente um empreguinho na Casa da Cultura: a promiscuidade em que eu era obrigado a viver com bons apóstolos convencidos de sua missão civilizadora e funcionários com *hobbies*, numa constante valorização da criatividade devota, me exasperava. Lembro-me de certas noites de *causerie* literária: no alto, falava-se de poesia e de desejo, do prazer inefável que se experimenta, diziam, em compor livros; embaixo, tendo encontrado a chave da adega onde estavam estocadas as cervejas do barzinho interno, eu me embriagava desbragadamente. Lembro-me da neve, toda em flores leves no halo dos lampiões, e pesada e negra em torno do prédio, pisada por tantos passos e rodas, onde eu gostaria de cair.

Lembro-me, com lágrimas, do sorriso sufocado do pequeno Bram Van Velde convidado uma noite e perdido, de sua longa gabardine de outro tempo, do chapéu mole que usou o tempo todo que ficou sentado, sendo alvo dos admiradores em verve, ancião benigno e meigo, embaraçado como um estilita ao pé de um mastro de cocanha, envergonhado com as perguntas tolas que lhe eram feitas, envergonhado de não saber respondê-las senão em monossílabos de assentimento factício, envergonhado com sua obra e com o destino que o mundo dá a todos, com a palavra burlesca com que ele aflige os palradores, com o burlesco silêncio com que abole os mudos, com a vaidade comum aos palradores e aos mudos, para sua comum desgraça.

Foi isso que foi para mim Annecy, que deixei numa manhã de janeiro ou fevereiro. Ainda não tinha amanhecido, a geada pungia; morávamos muito longe da estação, eu tinha várias malas, estupidamente abarrotadas, pesadas de livros que me serviam como a um forçado a sua bola de ferro. Marianne e eu tínhamos cada um sua bicicleta motorizada. Arrumamos nelas como foi possível nossas malas; eu estava infeliz e furioso, com frio, os traços de Marianne estavam enfeados de sono: mal ela tinha andado alguns metros, a bagagem de que se encarregara caiu. Eu tive horror de minha indigência, de minhas luvas, de meu capuz de montanha, dos cordéis de pobre roendo o papelão das malas, de nossa falta de jeito na banalidade desastrosa; eu era uma personagem de Céline saindo de férias. Joguei a minha bicicleta numa valeta, as malas esparramadas se abriram, a literatura odiada despencou na lama, debaixo das árvores negras junto do lago negro, minha silhueta gesticulou, ínfima e desvairada, gritei o *christus venit*, insultei minha companheira como um operário que sai mal recuperado da bebedeira da véspera, e cuja esposa esqueceu de preparar a marmita; eu gostaria de ser um desses livros naufragados e insensíveis que calcava aos pés. Marianne começou a chorar, tentando recolocar em ordem a penosa mochila de livros, e os soluços a impediam: seu pobre rosto, que o gorro de montanha enfeava, o frio e a tristeza, me lancinou; chorei por minha vez, nós nos beijamos, tivemos ternuras de criança. Na estação, ela correu bastante tempo ao longo do trem que me levava, desajeitada e brilhante, mandando-me palhaçadas tão ingenuamente delicadas a despeito dos prantos que deviam embargar-lhe a garganta, tão risivelmente saltitante e admirável de esperança, que chorei muito tempo ainda no vagão superaquecido.

Fiz de trem uma viagem terrificante; ia ser preciso escrever, e eu não poderia fazê-lo: colocara-me ao pé do muro e não era pedreiro.

Em Mourioux, meu inferno mudou; é a este que me liguei daí em diante. A cada manhã, colocava a página sobre a minha escrivaninha, e esperava em vão que a preenchesse um favor divino; eu entrava no altar de Deus, os instrumentos do ritual estavam em seu lugar, a máquina de escrever à mão direita e as folhas à mão esquerda, o inverno abstraído pela janela nomeava as coisas com mais segurança do que o teria feito o verão profuso; os abelheiros esvoaçavam, só esperando serem ditos, os céus variavam, e sua variação se poderia reduzir a duas frases; vamos, o mundo não seria hostil, reinserido no vitral de um capítulo. Cercavam-me livros, benevolentes e recolhidos, que iam interceder em meu favor;

a Graça por certo não poderia resistir a tanta boa vontade; eu a preparava por tantas macerações (não era eu pobre, desprezível, a destruir minha saúde com excitantes de toda ordem?), tantas orações (não lia eu tudo que se podia ler?), tantas posturas (não tinha eu o jeito de um escritor, seu imperceptível uniforme?), tantas Imitações picarescas da vida dos Grandes Autores, que ela não podia tardar a vir. Não veio.

É que, orgulhosamente jansenista, eu só acreditava na Graça; ela não me tinha sido atribuída; eu desdenhava condescender com as Obras, persuadido de que o trabalho que sua execução teria exigido, por mais encarniçado que fosse, jamais me elevaria acima de uma condição de obscuro converso atarefado. O que eu exigia em vão, numa fúria e desespero crescentes, era *hic et nunc* um caminho de Damasco ou a descoberta proustiana de *François le Champi* na biblioteca dos Guermantes, que é o início da *Recherche* e ao mesmo tempo seu fim, antecipando toda a obra num relâmpago digno do Sinai. (Entendi, tarde demais talvez, que ir à Graça pelas Obras, como a Guermantes por Méséglise, é "a mais bonita maneira", a única em todo caso que permite avistar o porto; assim um viajante que andou a noite toda espera na aurora o sino de uma igreja a convidar uma aldeia ainda distante para uma missa que ele, o viajante, que se apressa no orvalho dos trevos, vai perder, passando o pórtico na hora engraçada em que os coroinhas retiram as galhetas, riem na sacristia. Mas acaso entendi mesmo isso? Não gosto de andar à noite.) Tendo tomado por dogma, como tantos moleques desafortunados, as caminhadas juvenis da *Lettre du Voyant*, eu "trabalhava" para me tornar assim, e esperava o efeito de milagre prometido; esperava que um belo anjo bizantino, descido só para mim em toda sua glória, me estendesse a pena fértil arrancada de seus remígios e, no mesmo instante, desfraldando todas as suas asas, me fizesse ler minha obra acabada escrita em seu reverso, ofuscante e indiscutível, definitiva, insuperável.

Essa simploriedade tinha seu reverso de avidez complicada: eu queria as chagas do mártir e sua salvação, a visão da santa, mas queria também o báculo com a mitra que impõem silêncio, a palavra episcopal que cobre a dos reis. Se a Escrita me fosse dada, pensava eu, ela me daria tudo. Embrutecido nessa crença, ausentado na ausência do meu Deus, enterrava-me cada dia mais profundamente na impotência e na cólera, essas duas mandíbulas da tenaz no torno da qual uivam os condenados.

E, volta de rosca redobrando o aperto, comparsa necessário e vidente das chagas infernais, a dúvida vinha por sua vez, arrancava-me à tortura da crença vã para um suplício mais negro, dizendo-me: Se a Escrita te é dada, ela não te dará nada.

Perdido nessas piedosas tolices, eu cheirava a sacristia (não creio que hoje o cheiro de sacristia me tenha abandonado); as coisas declinavam; eu tinha esquecido as criaturas, o cachorrinho que olha tão singelamente para São Jerônimo escrevendo num quadro de Carpaccio, as nuvens e os homens, Marianne de gorro de montanha correndo atrás do trem. E sem dúvida a teoria literária me repetia à saciedade que a escrita está presente onde o mundo não está; mas como eu estava enganado, e a escrita não estava presente. Essas estações em Mourioux passaram como um sonho, sem que delas eu visse outra coisa senão um raio de sol que, por vezes me provocando quando se deslocava sobre o branco de minha página, me ofuscava; não notei a primavera e não soube que era verão, quando de minhas escapadas sem glória, a não ser porque a cerveja ficava mais fresca e, como natural, mais agradavelmente inebriante. Naqueles meses funestos em que eu buscava a Graça, perdi a graça das palavras, do simples falar que aquece o coração que fala e o que escuta; desaprendi a falar às pessoas simples entre as quais nasci, de quem ainda gosto e devo fugir; a teologia grotesca de que falei é minha única paixão; ela expulsou qualquer outra palavra; minha parentela camponesa não poderia senão rir de mim ou se calar com desconforto se eu falasse, temer-me se eu me calasse.

Eu só escapava de Mourioux para correr por diversas cidades das redondezas que decuplicavam a minha ausência do mundo, mas complacentemente a dramatizavam; ao sair da estação, atirava-me ao primeiro café e bebia com aplicação, de bar em bar progredindo até o centro; não me furtava ao dever senão para comprar livros ou agarrar ao acaso mulheres tolerantes. Cada bebedeira era para mim como um ensaio geral, uma retomada das formas decaídas da Graça; pois a Escrita, pensava eu, viria em sua hora assim, exógena e prodigiosa, indubitável e transubstancial, transformando meu corpo em palavras como a embriaguez o transformava em puro amor de si, sem que segurar a pena me custasse mais do que levantar o cotovelo; o prazer da primeira página me seria como o arrepio ligeiro do primeiro copo; a amplidão sinfônica da obra acabada ressoaria como os cobres e os címbalos da embriaguez maciça, quando copos e páginas são inumeráveis. Arcaico meio, grosseiro subterfúgio de um xamã camponês! Imagino que os bípedes apavorados das Cíclades, do Eufrates ou dos Andes, a milhares de anos da Revolução Francesa, tomavam porres semelhantes para celebrar a Sua chegada; e não faz muito tempo que os Grandes

Índios das Planícies morreram disso até o último, esperando talvez que a aguardente os provesse de Messias ou inspirasse ao mais frágil dentre eles *Ilíadas* e *Odisséias*.

Marianne uma vez foi a Mourioux, bem no comecinho da minha estada, em março, e o tempo estava lindo. Devo ser justo comigo: embora pouco tocado pela Graça, eu conservava essa esperança, e tinha, aliás, escrito algum capítulo de um textozinho exaltado e piedosamente moderno, em que uma maçante "busca" formal vestia cavaleiros em armadura saídos de Froissart ou Béroul; mas eu estava feliz com isso, queria que ela lesse, e a lembrança de Marianne no sol do inverno, me encanta. Ela desceu do táxi, estava uma beleza, radiosa e falante, maquiada; no corredor, acariciei-a: lembro-me com a mesma comoção do momento em que um gesto brutal entregou-a a mim, da sua carne pálida nas meias pretas, de suas palavras que minha mão fez tremer. Passeamos pelos rochedos musgosos, nos matinhos que são uma gulodice quando o gelo tão delicadamente recobre cada um de seus ramos; uma vez, vimos o sol matinal sair da cerração, acordar as florestas, acrescentar o riso de Marianne às mil gargalhadas de que é feita, diz o salmo, a carruagem de Deus; seu rosto rosado, seu hálito no frio, seus olhos radiosos, estão-me presentes; nunca mais vivemos juntos horas semelhantes; e de todo aquele ano, como já disse, fora esses dias de inverno que Marianne me deu, as estações me escaparam.

Nossos encontros posteriores poderiam ser contados por um dos dolorosos idiotas de Faulkner, daqueles a quem a perda e o desejo de perder assombram, depois a teatralização e a repetição da perda: em Lyon (encontrava-me com ela ao acaso de suas turnês) onde bebi — ou perdi — em um dia o pouco dinheiro da minha estada; subi para Fourvières com pernas de chumbo; eu nem mais tinha o gosto de colocar a mão sobre Marianne: deitava-me nu de costas e esperava que ela me cavalgasse, como se deixa abordar um menino deitado. Em Toulouse, onde cortejei debaixo de seus olhos uma amiga de infância reencontrada, e estraguei a lembrança dessa cidade. Em Bourges, finalmente, onde há um quiosque de bebidas nos jardins do bispado; Bourges, perto da qual fica Sancerre onde Marianne me havia conduzido, atenta em que eu me distraísse mais de meus pensamentos sinistros, ela, a fervorosa que ainda tinha esperanças, e eu, que a submeti a esse triste dia, declamando entre dois tragos, invectivando os turistas atônitos, e o imenso anfiteatro do vale descendo até o rio Loire glorioso, dando-me a risível ilusão de compor Ajax embriagado ou Penteu, quando eu não passava de um magro Falstaff. Público fiel e cansado, Marianne começava a saber demais que eu interpretava de maneira execrável, sempiternamente, esses papéis.

Ela veio uma outra vez em Mourioux, e foi a última. Eu estava então no máximo da desgraça; barbitúricos tomados ao longo do dia se acrescentavam ao álcool; vítreo, eu cambaleava já desde de manhã e mal tinha forças ainda para balbuciar pela milésima vez os meus poemas fetiches ou, babando, Abracadabras joycianos que os anjos ouviam a gargalhar e, invisíveis, abandonavam-me aos meus limbos; na ausência da Escrita, eu não queria mais viver, e o gesto sangrento que me eliminasse definitivamente me parecia um destino tacanho, alfinetada que se reservam os fátuos inflados de honra, ao passo que sou sem honra e apenas inflado de vaidade. Marianne encontrou-me no mais profundo dessa infantilidade interminável: era de fato essa a minha verdade, e minhas cartas mentiam.

Ela tinha na época alguns contratos, empregos: tinha comprado um carrinho. Um dia, fomos a Cards. Empurrada a porta, não reconheci a casa onde sentimentalmente tenho a lembrança de ter nascido, mas uma tapera onde desabavam entulhos, com cheiro de porão; entre outros utensílios no alto da escada, um machado me pareceu digno de mãos de carrasco; uma corda grossa a ligar as carradas de feno prolongava a atmosfera de Grand Guignol.[1] Marianne, de saltos altos, e cuja roupa íntima eu sabia delicada, parecia uma rainha em fuga à mercê de um aldeão; entretanto eu a amava, meu coração sangrava por ser esse aldeão de mãos rústicas, de olhar maldosamente insaciado; eu sonhava ao levantar suas bonitas saias com a roupa branca e com o cinto dourado da canção infantil. Nua, eu a fiz assumir posturas insensatas no quarto empoeirado. Ela estava exasperada mas ao vivo, e seu gozo foi acre como a poeira que mordia; eu estava tanto mais rígido quanto todo o meu ser desmoronadiço de então se refugiava na rigidez da ponta agressiva com que eu esporeava aquela rainha, ou aquela criança, para que me servisse em meu naufrágio: anônimos nas teias de aranha, éramos insetos devorando-se mutuamente, ferozes, precisos e rápidos, e apenas isso nos ligava daí por diante. Na volta, já anoitecera; Marianne guiava, maquinal e silenciosa; uma garrafa de Martini vazia rolava entre os nossos pés; um coelho desentocado pôs-se a correr ao longo de nossos faróis, como acontece muitas vezes a esses animais sem que se saiba então se estão terrificados ou horrivelmente seduzidos. Maldosamente eu o olhava galopar atrás desse falso dia mortal.

---

1. Grand Guignol, teatro fundado em 1897, famoso por apresentar melodramas horripilantes. (N.T.)

Marianne tomava cuidado para evitá-lo; agarrei sorrateiramente o volante com a mão esquerda, o carro desviou o pouco que precisava para a morte do coelho; eu desci e o recolhi: o engraçado trotador de longas orelhas era esse pêlo encharcado, grudento; ele ainda palpitava, acabei de matá-lo no carro com meus punhos. Era o irmão do coelhinho que saltita entre as mil flores das tapeçarias, o cunículo da *Dama do Licorne*, e teria comido na mão de um santo: certamente essas fantasias ocupavam meu espírito enquanto eu o espancava. A clarividência voltou-me repentinamente com um sentimentalismo medroso, e a vergonha me submergiu: eu poderia igualmente ter feito descarrilar a locomotiva para esmagar Marianne com o peso de um trem inteiro, na estação de Annecy. Eu não olhava para ela, gostaria de desaparecer: sua tristeza e enfado eram tais que ela gemia sem poder dizer uma palavra.

A carta veio pouco depois: Marianne dizia nela a sua vontade de romper, e que não voltaria atrás com relação a isso. O único texto importante que o Céu me mandou naquele ano era esse, que eu segurava a tremer, indubitável por certo e prodigioso a seu modo, mas não era de meu punho e me transformava em terra; minha vontade enganosa de alquimia do verbo tinha operado ao contrário. Eu lia e relia aquelas palavras miraculosas e mortais como, para um coelho, os faróis de um automóvel na noite; era fim de outubro, o velho sol agitava lá fora um grande vento: eu era essa folhagem que o vento desfaz, que ele exalta mas enterra.

Nenhum dia mais insuportavelmente forte do que esse na minha memória; eu experimentava então que as palavras podem esvanecer-se e qual poça sangrenta, zumbindo de moscas e oprimente, elas deixam um corpo de que se retiraram: tendo elas partido, restam o idiota e o urro. Abolida toda palavra, toda lágrima, lancei gritos de cretino espancado, resmungava: pegando Marianne no quarto de Cards como um porco na cata de bolotas cobre a camponesa que o conduz, eu devo ter soltado grunhidos semelhantes; mas estes eram ainda mais emocionados, tinham cheiro de matadouro. Se um instante eu abandonava a minha dor, nomeava-a e via-me vivê-la, só podia rir dela, como fazem rir as palavras "urinar sangue", se porventura você urina sangue.

Alertada por meus gritos, minha mãe, louca de cuidados, achou que eu enlouquecera; a pobre mulher adjurava que eu falasse com ela, que voltasse à razão. Sob os olhos dessa testemunha amorosa e desesperadamente apiedada, o grotesco egoísmo de minha dor redobrava. Finalmente minha mãe saiu. Voltou-me a palavra: eu tinha perdido Marianne, eu existia; abri a janela, debrucei-me no grande brilho frio: os céus, como de costume, como escritos nos salmos, narravam a glória de Deus; eu jamais escreveria e seria sempre esse bebê esperando dos céus que lhe ponham fraldas, forneçam-lhe um maná escrito que se obstinam em recusar-lhe; meu desejo glutão não cessaria mais do que sua insaciedade diante da insolente riqueza do mundo; eu morria de fome aos pés da madrasta: que me importava que as coisas exultassem, se eu não tinha Grandes Palavras para dizer e ninguém me ouviria dizê-las? Eu não teria leitores, e não tinha mulher que, amando-me, suprisse a ausência deles.

Eu não podia tolerar a perda desse leitor fictício que fingia, com atenções tão ternas, acreditar que eu estava prenhe de escritos por vir: havia muito tempo que eu próprio já não acreditava nisso, e só nela sobrevivia um simulacro de crença; ela era de algum modo, sob meus olhos e na minha mão, tudo que eu tinha escrito e poderia jamais escrever; eu diria: minha obra, se isso não fosse grotesco — e não é senão verdade demais. Com o desaparecimento dela, eu parava, mesmo de maneira mentirosa, de ser acreditável. Mas havia coisa pior, por certo: na minha derrelição, no meu vão isolamento, ela acabou por substituir para mim todas as criaturas; eu a tomava como referência para me representar o mundo; ela era aquela que dispõe os ramalhetes para que apareçam as flores que não se estão vendo, que aponta com o dedo os horizontes notáveis, e equivale as coisas que nomeia; do gorro de montanha às meias pretas, ela ocupava todo o leque do que vive, das presas mais dignas de dó às feras mais desejadas; ela era o cãozinho de São Jerônimo. E, fugindo por minha causa, o animalzinho tinha levado consigo os livros, as estantes e a escrivaninha, tinha despojado de sua púrpura altiva e de sua murça preta o patriarca erudito, não deixando em seu lugar no quadro calcinado senão um Judas nu, ignaro e sem perdão ao pé da cruz de que ele é culpado.

A matilha universal, privada do cãozinho aliado que a desviava para pistas falsas, detinha-me; eu me sentia cervo no último quarto de hora. Era preciso fugir desse mundo espantoso; a novena alcoólica em que eu tinha pensado de início naturalmente pareceu-me um interminável beco sem saída, que eu precisava ultrapassar entre os picadores; escolhi uma saída mais suave, mas segura. Ia a La Ceylette.

Eu tinha freqüentado ali, naquele ano, um desses hospitais psiquiátricos *new look*, construídos em pleno campo e sem muros, a que não faltavam encantos; eu ia lá para consultar o doutor C., moço alto e indolente, um pouco fátuo e não desprovido de certa gentileza. Das imensas janelas de seu consultório, o olhar abarcava florestas; havia nas paredes um grande mapa da Ilha Misteriosa de Júlio Verne, que não existe em mar nenhum, e retratos de poetas mortos duas vezes, de loucura antes que de morte verdadeira. Ele tinha alguma instrução, achei, e nos tocamos por este ponto: falávamos de assuntos em moda, dessa eterna ponte dos asnos que liga demência a literatura, de Louis Lambert, Artaud ou Hölderlin. (Com emoção, entretanto, lembro-me de que mencionou que seu avô, homem simples, tinha-o mandado ler Céline, quando ainda era adolescente.) Mas finalmente eu vinha consultar, e não sem duplicidade: pois se não esperava grande coisa talvez dessas conversas terapêuticas, do milagre anamnésico nem do sésamo da associação livre, em contrapartida esperava tudo das pilulazinhas que sorrateiramente eu extorquia dele e ele achava que estava me receitando; se de fato eu seguisse sempre a opinião dele, se insistisse com certo jeito na cantilena literária, se principalmente eu o aguilhoasse no momento certo sobre os românticos alemães, sua leitura preferida, a respeito dos quais tinha um excelente discurso, eu tinha a certeza de que, ao cabo de uma hora, ele pegaria jovialmente o providencial bloco de receitas e, num relance, prescreveria sem pestanejar doses renováveis de entorpecentes capazes de arrasar um boi, mas que me permitiriam, a mim, escapar bem espertinho de seu consultório, com a garantia de não ver o mundo durante longos dias senão através de uma adorável névoa ligeira.

Mas nesse dia terrível de outubro, nenhuma névoa podia esconder-me; só podia fazê-lo a espessura opaca do mar que eu gostaria de ter recebido sobre a cabeça; queria ser um peixe lento das grandes profundezas, um insensível odre guloso, queria uma sonoterapia: sabia que o doutor C. não ma recusaria, e, de fato, ele não se fez de rogado. Sabiamente lastrado com o escafandro químico, desci suavemente nas águas sem frases onde o passado se calcifica, onde a morte dos peixes se escreve em gigantescas páginas de calcário — de que uma das variedades é o mármore —, onde o molde da perda se enche de chumbo. Quando minha lanterna brevemente voltava a acender-se, enfermeiros maternais estavam me alimentando, ajudavam-me a fumar cigarros que minha mão trêmula não conseguia segurar: *Eurypharynx pelicanoides,* o Grandgousier[2] dos abismos, é um ser de boca grande, sem testemunha, e satisfeito.

Foi preciso subir. Dessa volta dolorosa mas clara, nenhuma das metáforas de que acabei de abusar poderia dar conta.

Terminada a sonoterapia, fiquei dois meses em La Ceylette. Retomei contato com o inverno sem dúvida, com meu novo luto, com a velha graça suspensa; mas principalmente vi lá homens em exercício, reduzidos a seu flagrante delito de palavra ou de silêncio. Pois no asilo ainda mais que em qualquer lugar, o mundo é um teatro: quem simula? quem está na verdade? qual mima o grunhido do bicho para que venha a eclodir mais puro o canto esperado do anjo? qual grunhe para sempre achando que finalmente irá cantar? E todos simulam, sem dúvida, se se admite que a loucura plena, de se amarrar e sem mais palavras para se dizer, é uma simulação que ultrapassou seu alvo.

---

2. Grandgousier (= Goelagrande), alusão ao livro de Rabelais, *Vie inestimable du grand Gargantua, père de Pantagruel*. (N.T.)

Havia ali alguns dos doentes que eram citadinos, instruídos, a quem a mídia ou os *best-sellers* romanescos ensinaram que a depressão nervosa ataca as almas belas, e que a praticavam com aplicação. Esses jogavam conversa fora como fariam noutro lugar: o conformismo da doença mental, o sentimento de pertencer a uma vasta elite doentia, um triunfalismo da maldição partilhada, tudo isso tornava seus eleitos afinal contentes com a sorte. Não era, entretanto, apenas coquetismo, e essas pessoas sofriam; mas, pouco à vontade em sua companhia, em que eu só podia opinar e edulcoradamente acrescentar água ao seu moinho, eu fugia deles; preferia à deles a companhia dos cretinos do interior, cuja extravagância era desajeitadamente sentimental, e a que só deslustravam palavras aprendidas nos romances de bailes populares, de *jukebox*. Depois, o pensamento sem dúvida lhes tinha vindo com o delírio, sem outra transição; e sem outra transição, o pensamento tinha parado nesse relâmpago. Voltarei a falar destes, que são caros à minha memória, um pirômano que amava as árvores, um camponês viúvo de sua mãe, outros; falarei primeiro de Jojô.

Era — chamavam assim — um aristocrata afetado por senilidade evolutiva, aguda. Qual tinha sido o seu nome antes que ele respondesse por esse diminutivo de infâmia, sempre acompanhado de grandes risos ou de ameaças? Ele não saberia dizer, pois não falava mais, mas uivava ou resmungava quase sem parar. Georges, talvez, ou Joseph? Aparentemente, então, era esse nomezinho que havia tempo lhe dera carinhosamente, risonhamente, uma mulher aberta ainda, quando se trocam sorrisos nos lençóis aquietados, quando se fuma nu, glorioso e humilde. Ele certamente tinha tido mulheres, e provavelmente tinha lido livros.

Jojô era imundo; seu andar incoerente era de um boneco; sua insatisfação era constante e execrável: suas cobiças não eram mais servidas pela palavra, que permite satisfazê-las edulcorando-as, nem tampouco pela retidão do gesto, que faz com que a pessoa se apodere com graça de um objeto grosseiramente cobiçado; ele ficava furioso com essas inadequações. Aqui ou ali, no parlatório onde o acolhiam risos, no parque onde as coisas silenciosas persistiam, ele aparecia, puro bloco de cólera movente, jaculatória, como se imagina que se manifestavam os deuses astecas em sua melhor forma; como eles, levantava um instante o olhar fulminante sobre um mundo a destruir; depois virava nos calcanhares e desaparecia, como eles cheio de massacres e de suspiros, esfolado mas terroso, andando como um machado abate uma árvore.

Serviam-lhe as refeições no *hall* do refeitório, numa mesa especialmente posta, onde uma saladeira estava fechada, na qual caldos diversos esperavam por ele; amarravam sua cintura na cadeira, punham-lhe um lençol à guisa de guardanapo à volta do pescoço; tinha como talher uma espécie de concha: apesar dessas precauções, a falta de coordenação de seus movimentos era tal, e tal entretanto a impetuosidade de seu desgraçado apetite, que depois da refeição nesse cocho, o alimento espirrado salpicava-lhe o corpo todo e o chão ao redor dele. Eu o via de meu lugar, no refeitório; de maneira malsã eu o observava e ria à socapa de nossa fraternidade. Uma vez, como maquinalmente eu erguia a cabeça entre dois pratos, não vi o monstro, mas de costas uma silhueta debruçada sobre ele, bem perto, que parecia estar falando com ele; o desconhecido, de boa estatura, usava uns *blue-jeans* velhos de feira de aldeia e pesadas botas enlameadas de camponês. A conversa singular, que ele prosseguia em voz baixa demais para que se pudesse distinguir dos gemidos do idiota, teria bastado para me intrigar; mas também, naquela nuca firme de cabelos espessos, naquela mão econômica que segurava com alguma graça, mas com um laivo de reticência altiva, um cigarro claro, algo me chamou a atenção, que eu já tinha visto. Saímos do refeitório; vi o rosto de Jojô: era mais humano, extático ou louco de raiva, como se sua cólera tivesse definido finalmente um alvo ou ele se lembrasse de algo que outrora tinha sabido nomear, abraçar, segurar com mão firme; soltava uma espécie de gargarejar ininterrupto, que eu nunca tinha conhecido nele. O homem continuava debruçado sobre ele; a contragosto, deu um passo para o lado para nos deixar passar: o casaco dele estava manchado da comida errante do idiota; ele me encarou; nossos olhares se cruzaram, hesitaram, voltaram a baixar. Reconheci o padre Bandy.

Ele estava, entretanto, irreconhecível. O tempo o havia acaipirado; os cafundós da roça o haviam untado dos pés à cabeça com seu óleo espesso, de cheiro pesado. Por cima, outra unção, mais aguda e pior, que de início eu não soube nomear: o rosto estava cheio de placas vermelhas, debaixo de uma névoa os olhos se ausentavam; lá dentro, o olhar era neve no fundo de um buraco, no tempo do degelo. Era de uma magreza profunda, mas nada interessante nem espetacular, sobre a qual a tez flamejava como uma maquiagem; a mão tremia um pouco, sempre no entanto com esse frio jeito, de desprezo nem tanto, mas intratável, de segurar o cigarro de luxo, como se segurá-lo fosse a melhor maneira de omiti-lo. Ele reconheceu-me muito bem, e como eu passou adiante, sem uma palavra.

Da janela do meu quarto, vi o padre sair pouco depois, postar-se em face do frio, puxar o fecho ecler, jogar fora a bituca: esses gestos também, eu os conhecia direito. Montou numa bicicleta motorizada, afastou-se pipocando pelo campo ácido de onde Marianne estava ausente, e todo perdão, e o verão distante. Lembrei-me de outro homem.

Eu estava então na idade do catecismo, e não esperava outra salvação senão aquela que receberia de mim mesmo na idade adulta, quando fosse competente, e forte, por menos que me tivesse decidido: eu era criança, era ajuizado. A raridade dos curas já havia levado ao desuso a unidade territorial e espiritual da paróquia; a igreja de Mourioux, com alguns outros pequenos campanários de aldeia de velhos santos, era atendida pelo vigário de Saint-Goussaud; o padre Lherbier, velho bonachão que se dedicava à arqueologia, estava então nesta paróquia; ele morreu; soube-se que o padre Bandy ia substituí-lo. Ele foi precedido de rumores: era filho de boa família, de Limoges ou Moulins talvez; era principalmente, e os paroquianos tiraram daí um vago orgulho com laivos de desconfiança, um jovem teólogo cheio de futuro, mas briguento, cuja vocação o bispado houvera por bem pôr à prova mandando-o apascentar as mais humildes ovelhas camponesas, em Arrènes, Saint-Goussaud, Mourioux, vale dizer, *in partibus*. Ele se instalou na primavera quando, e foi certamente em maio, se dou fé à minha lembrança de ramalhetes de lilases cobrindo os pés de gesso de uma Virgem Maria, que celebrou em Mourioux a sua primeira missa: aprendi, com o cheiro do tabaco claro, que a Bíblia está escrita com palavras e que um padre pode, misteriosamente, ser invejável.

Através dos vitrais um grande sol afluía sobre os degraus do coro; mil passarinhos lá fora cantavam, o perfume denso dos lilases parecia aquele, policromo e violento, dos vitrais; na poça de ouro sobre a pedra cinza, Bandy paramentado entrou no altar-mor. O homem estava bonito, seguro, e com um gesto tão justo ao abençoar os fiéis que os mantinha tanto mais a distância, além do alcance dos braços. Eu gostaria de chorar, e só pude me extasiar: pois as palavras de repente jorravam, ardentes contra as abóbadas frescas, como bolinhas de cobre lançadas numa bacia de chumbo; o incompreensível texto latino era de uma nitidez desconcertante; as sílabas na língua se decuplicavam, as palavras estalavam como chicotes impondo ao mundo submeter-se ao Verbo; a amplidão das finais, culminando com o exato retorno do padre no esvoaçar de ouro da casula no *Dominus vobiscum*, era um baixo insidioso de tam-tam fascinando o inimigo, o numeroso, o profuso, o criado. E o mundo rastejava, se rendia: ao termo daquela nave súbito ensolarada sem efeito, no seio daquele campo tão verde, nos odores e nas cores, alguém, com verbo abrasado, sabia passar sem as criaturas. À beira da galeria superior, talvez desfalecendo e com a carne ruiva de seus lábios a palpitar nos responsórios murmurados como promessas, Marie-Georgette de crepe pálido debaixo do veuzinho branco, olhos grandes, gratificava Bandy com o olhar com que uma galga gratifica o chefe-de-caça, ou uma ursulina branca, outrora em Loudun, Urbain Grandier.

Não me lembro do sermão desse dia; mas acho que, como sempre nos sermões obscuros e rutilantes de Bandy, flamejaram feixes de nomes próprios cujas sílabas agudas falavam de onipotência ruída, de anjos terrificantes e de antigos massacres. Talvez se tenha tratado nele de David (Bandy fazia estalar a final contra o palato, como para redobrar ou ratificar, voltando a fechá-la sobre a mesma, a maiúscula inicial, real), que no ocaso da vida sentiu necessidade de uma jovem serva como de um cataplasma sobre seu coração seco de velho rei matador na agonia; de Tobias (ele pronunciava Tobi-ias, alongando e enobrecendo com um iode essa palavra vagamente ridícula que para a criança que eu era não podia evocar senão um cachorro), que encontrou à beira de um rio um anjo e um peixe; de Acab, cujo destino foi caótico como seu nome de machado e de afã, e que soçobrou; de Absalão, cujas consoantes viperinas sibilam como a perversidade desse filho indigno ou as zagaias que o trespassaram suspenso pelos cabelos a uma grande árvore, pesado e acuado como sua final de chumbo. Porque Bandy tinha o gosto de atirar nomes próprios, espectros reais ou refrões de velhas canções para matar, que ele fazia planar sobre um mundo nostálgico ou aterrorizado, sem outra alternativa.

As palavras, por meu turno, levam-me longe demais: não se valham de minha incompetência para pensar que Bandy fosse um pregador sombrio, tal como o popularizaram o romance gótico e seus avatares; seria engano. Ele não aterrorizava ninguém, e não era esse, aliás, o seu escopo, sua ética conciliadora convidava mais ao jardim das indulgências papistas do que à medíocre jaula luterana; ele não ameaçava com nenhuma calamidade, e em sua boca as Sete Pragas do Egito eram mais uma ocorrência carregada de efeito brilhante, de enigma e de passado, como os Enervados de Jumièges ou a Morte de Sardanapalo, do que um justo castigo do céu. Se queria domar o mundo, era para seu próprio uso e sem lesar ninguém, só pelo poder de sua justa dicção, só pela forma acabada das palavras, sem prejuízo de sua significação moral; e aparentemente não pensava que este mundo fosse mau, mas, ao contrário, insolentemente rico e pródigo, e que só se podia corresponder à sua riqueza opondo-lhe, ou lhe acrescentando, uma magnificência verbal esgotante e total, num desafio sempre a recomeçar, e cujo único motor é o orgulho.

"Ele escuta a própria voz", dizia a minha avó, que tinha passado a idade do crepe branco e dos roxos; de fato: ele se inebriava com os ecos de seu verbo, comovia-se com a emoção que causava nas carnes das mulheres e nos corações das crianças, numa palavra, fazia charme. Sua missa impecável era uma dança de sedução; os nomes explodiam nela como as plumas de um pássaro que está cortejando; a perfeição cambiante das consoantes latinas era o complemento da casula de cores cíclicas, que é branca para o Cristo e vermelha para os mártires, e em geral timidamente verde como os prados ensolarados, era o complemento da beleza viril, nítida e morena, com que a natureza o tinha gratificado. A quem buscava ele seduzir? A Deus, às mulheres, a si mesmo? As mulheres, certamente, ele as amava; Deus, sem dúvida, acreditando então que a Graça não se prestava senão aos ricos, aos bem-falantes; ele mesmo, seguramente, que se atravancava de casulas debaixo das cúpulas e de pesada moto debaixo do sol, de belas amantes e de teologia.

Finalmente acabou a missa. A última bênção foi tão calma e magistral quanto a primeira; Marie-Georgette, que sabia o que queria e sabia querer sem tardar, com o barulho seco de seus saltos encobrindo o das cadeiras remexidas, caminhou decididamente para a sacristia, armada de um pretexto qualquer, que ignoro. Nós, as crianças, sentamo-nos sob o portal, no alto do lance de degraus, o último dos quais carregava o peso de enorme moto negra, tal como nunca tínhamos visto: era, creio eu, uma das primeiras BMW exportadas. Marie-Georgette logo saiu, sua saia roçava as nossas cabeças, seu perfume e seu sorriso no verão a me cumular de prazer: ela ainda não acabara de atravessar a praça e já o padre apareceu por sua vez. Ela se virou e olhou para ele; ele não a via e seus olhos piscando um pouco seguiam com muita admiração a fuga de um passarinho sobre as folhas das árvores, os telhados. Acendeu um cigarro de fumo claro: Mourioux não conhecia esse luxo, esse odor quase litúrgico, fêmea, clerical; ele puxou algumas baforadas, jogou-o fora, fechou o blusão e tendo, com um gesto inefável, digno de um grande dignitário outrora em caça, pegado em plenas mãos e jogado todo o peso de sua batina sobre a perna de apoio, montou na enorme motoca e desapareceu. Marie-Georgette se desviou, as glicínias de sua porta dançaram um instante, roxas, sobre seu vestido, e ela desapareceu por sua vez; na grande praça ensolarada não restavam senão três ou quatro pequenos camponeses admirados, que não voltavam a si de ver atacar de uma só vez tantas mitologias: sobre a moto de uma canção de Piaf, tinha passado um bispo com perfil de Apolo, com boca de ouro.

Ele ficou quase dez anos em Saint-Goussaud; eu era adolescente e cobiçava por minha vez, timidamente, aquilo de que ele gostava, quando foi embora. Não foi curioso de arqueologia, mas de moças e das Escrituras: talvez, entre o Pai que é invisível, que outrora escreveu o Livro, e suas criaturas superlativas, as mais visíveis e presentes, as mulheres, ele só visse neste mundo lugar para si mesmo, Filho encantador e retórico que celebrava a ausência de um na imanência dos outros; fez uma viagem pela terra santa, da qual projetou *slides* para nós, e teve algumas rixas com o bispo; mas sobre ele nada se soube de importante. Ele não se manifestou. Talvez Marie-Georgette ou alguma outra amante que teve então (todas aquelas que, nas suas cinco paróquias, eram belas, gostavam de homens e se vestiam na cidade, quer dizer, afinal de contas, pouco mais do que os dedos de uma mão), talvez essas pudessem dizer algo mais: mas a velhice as pegou, com o esquecimento ou a lembrança tagarela, o campo fecha suavemente sobre elas o seu sudário de estações.

Um dos primeiros a deixar a batina (e então eu não mais revi o gesto inefável, de bispo cavalgando em cruzada, antes do estrondo da moto), quando a Santa Sé o permitiu, ele ficou elegante, variado no cinza, com uma echarpe amarrada por cima do colarinho duro, ou dos pés à cabeça ajaezado para a moto: mas nunca eludiu a volta inflexível das casulas, seu código sazonal invariável e complicado; a vermelha que flameja em Pentecostes, como a chama indubitável que os Apóstolos receberam e que ele, Bandy, não recebia; a roxa, endossada no fim do inverno, chama os primeiros açafrões e promete os lilases que talvez ele não respirasse; e a rosa do terceiro domingo de Quaresma, acetinada e estampada como *lingerie* feminina. Nunca se separou tampouco, para a missa, da precisão sonora das palavras, da amplitude declamatória de prelado e do decoro gestual altamente sóbrio, de que falei; sua dicção demasiado bela, esmaltada de palavras incompreensíveis, ressoou dez anos sob as arcadas com santos frustos, curandeiros de animais, de Arrènes, Saint-Goussaud, Mourioux; e imagino a raiva secreta, quando dava início a seus pomposos sermões para camponeses respeitosos que não entendiam patavina e camponesas seduzidas, como um pobre Mallarmé fascinando o auditório de um comício proletário.

Fora da missa, Bandy parava de bancar o anjo. Nem taciturno nem exaltado, esforçava-se para agir com simplicidade e cortesia, e conseguia, mas sempre com algo de intratável em segredo: sua própria palavra, ele a mantinha longe de si como, com a ponta dos dedos, fazia com o cigarro; algo de brutal também talvez, e brutalmente contido, como quando, raivosamente, pisava na partida de sua motoca.

(Ele enterrou camponeses mortos; viu muitos deles sofrer, com candura ou rabugice, mas sempre desajeitadamente; ouviu nas noites de maio rouxinóis, e o cuco nos trigos verdes; ouviu os longos sinos, os sinos fendidos, como em Ceyroux, e os profundos, como em Mourioux, os sinos de suas paróquias; os ceifadores no campo o saudavam, quando andava de branco entre a cruz e o esquife; era então um homem que passa, um medíocre volume de carne na mão imensa do outono, suando debaixo da sobrepeliz como os carregadores sob o caixão. Comoveu-se? Creio que sim.)

Lembro-me com prazer do catecismo, durante o recreio de meio-dia no frescor da sacristia, onde não aprendíamos nada; Bandy era benevolente conosco, orgulhosa e inexoravelmente benevolente; entre os pequenos camponeses grosseiros que éramos, ele não tinha ilusões: não era um vigário de Bernanos. Revejo o seu olhar sobre mim quando eu acabava de dizer alguma asneira, seu olhar azul friamente indulgente, ligeiramente condoído, esperando pelo pior.

Tenho uma recordação de pleno verão; era em junho certamente, quando as férias se aproximam e as maldades infantis ficam impacientes com um vago desejo, inebriam-se consigo mesmas como então as abelhas mergulhando nos polens das tílias, das giestas. Lucette Scudéry ia ao catecismo conosco, meninos irritáveis e risonhos, meninos sãos: era uma miserável criatura que, aos dez anos, só tinha uma linguagem, das mãos franzinas que só sabiam a toda hora se erguer para distribuir tapas raramente imaginários, e um rosto tresvariado que só um riso extático distraía do choro, insuportável; mas esse rosto de tez diáfana tinha uma espécie de boniteza incongruente, que nos exasperava: o fato de essa boniteza se completar com debilidade e com epilepsia nos parecia autorização zombeteira do céu para dar livre curso a nossos excessos. Naquele dia, quentíssimo, o padre estava atrasado; esperávamos no patamar da igreja, sendo que o frescor da pedra em nossos jarretes não refrescava mais os nossos desejos do que os palavrões e os gestos feios temperavam as nossas cóleras; nossos furores logo se dirigiram para Lucette. A mãe dela, quase tão miserável quanto ela, tinha-lhe feito duas tranças finas presas por fitas azuis, de que a seu modo ela se orgulhava, tocando nelas a todo instante e soltando gritinhos agudos. Nós as desmanchamos, ou melhor, as arrancamos, enchendo-a de sopapos; corremos pelo mato fazendo dançar no ar os magros troféus azuis, com risadas: agitando os braços, Lucette gemia, cambaleante sobre os degraus escuros; de repente ela abriu a boca, seu olhar cresceu, fixo como fugazmente dotado da razão que lhe faltava. Ela caiu, com os lábios espumando.

Ela se debatia na terrível crise que sabíamos reconhecer, por já ter assistido, quando chegou o padre. A silhueta enlutada chegou até nós em duas passadas; seu belo rosto impassível ficou acima de nós: de pé, ele contemplou com uma surpresa de menino aquele rosto a que convulsionava uma necessidade mais forte do que a da palavra, aquele balbuciar de espuma nos cantos dos lábios, aqueles olhos brancos debaixo do sol pleno; ele se recompôs, sonhadoramente, procurou nos bolsos um lenço que não encontrou; agachou-se e, com os dedos manchados de nicotina, cuja camada de âmbar ainda me evoca as palavras "santo crisma", "bálsamo" e "santa unção", enxugou os lábios trementes: pareceu desenrolar um filactério cor de céu diante da boca loquaz de um santo. Nas flores brancas das urtigas, junto à cabeça da menina que ia se acalmando pouco a pouco, voava uma borboleta amarela de ouro; a fita ensalivada ficou na relva verde quando o padre se foi, levando para a casa da mãe a criança tranqüilizada, alquebrada, em seus braços.

Depois do catecismo, voltei sozinho à sacristia: tinha esquecido de transmitir uma mensagem do mestre-escola, ou de pedir para assinar o caderno de presenças. O padre não me ouviu chegar; estava apoiado com as duas mãos na janela baixa e um pouco curvado, como para contemplar ao longe o campo; estava falando, com uma voz desarmada, talvez implorante, ou estupefata, que me gelou. Percebeu a minha presença no meio de uma frase, voltou-se para mim e, sem surpresa, olhou-me como se eu fosse uma árvore no campo ou uma cadeira na igreja, levou a termo sua frase, no mesmo tom. Creio hoje ter ouvido o seguinte: "Considerai os lírios do campo. Eles não semeiam nem fiam, mas eu vos digo que nem o rei Salomão em toda a sua glória estava vestido como um deles." Assinou o caderno e me dispensou.

Fiquei sabendo que Bandy era vigário da pequena comuna de Saint-Rémy, da qual dependia o hospital; quanto a Lucette Scudéry, eu a tinha visto dentro daquelas paredes, em La Ceylette; estava ali desde muito tempo e para sempre; não me reconheceu. Do rosto com grandes olhos sofredores ao lábio pendente, toda boniteza estava ausente: sobre ela também, a desmemoriada para quem o tempo, reduzido ao intervalo entre duas crises, devia agravar-se bem pouco de lembranças de fitas e de junhos infantis, os anos tinham passado. Da pequena paróquia de outrora tínhamos vindo os três: o jovem padre prometido ao episcopado, o garoto vivo cheio de futuro e a idiota sem amanhã; o futuro estava ali e o presente nos reunia, iguais, ou muito pouco faltava.

Uma tarde do fim de novembro, eu estava indo para Saint-Rémy. Havia lá, no cômodo atrás da loja da tabacaria, um estoque de "Série negra" não vendido há lustros, desbeiçados, cobertos de cocô de moscas, entre os quais eu me reabastecia a cada semana. A vila ficava a apenas alguns quilômetros e, quando tinha sol, o passeio tinha seus atrativos; o caminho serpenteava através dos castanhais e de velhos granitos, nos flancos de um pequeno monte ao topo do qual três buquês de árvores davam a ilusão de um tríplice cume, e cujo nome, "Puy des Trois-Cornes"[3], dado pela gente do lugar, evocava-me um deus cervídeo, pintado e enterrado na idade da Rena, tendo como únicas testemunhas as raízes das grandes árvores cegamente misturadas aos seus galhos; na estrada, uma tabuleta em que saltava um cervo avisava da presença de uma caça fictícia, fóssil ou divinizada. Eu ainda não tinha saído da floresta quando uma voz atrás de mim me interpelou; vi Jean vir pesadamente ao meu encontro, debaixo das castanheiras. Esperei por ele sem prazer.

Ele era simpático, entretanto; mas repugnava-me expor-me na vila em companhia desses coitados: à decadência, à perda, eu não queria acrescentar a confissão. Jean, que se juntava a mim, não era o pior deles: era antes meigo, e obstinadamente, sombriamente fiel àqueles que lhe mostravam alguma consideração. Disse-me que um colega estava esperando por ele em Saint-Rémy; poderíamos fazer toda a estrada juntos e voltar da mesma forma, se eu aceitasse, na volta, passar para pegá-lo no café da vila; não tive coragem de recusar. Caminhamos

---
3. "Pico dos Três Chifes". (N.T.)

de conserva, ele silencioso, com a cabeça quadrada enfiada nos ombros pesados, de vez em quando resmungando e cerrando os punhos, eu observando-o com o canto do olho. Eu conhecia a natureza de sua cólera: tinha acabado de perder a mãe, com quem, até então, tinha vivido como solteirão, e tinha enxertado nesse luto uma antiga pendenga camponesa; estava averiguado, a seu ver, que alguns vizinhos de seu sítio, brigados com ele desde sempre, desenterravam durante a noite a sua mãe e vinham jogar o indefectível cadáver no próprio poço dele, enterrá-lo no seu esterco, lançá-lo como comida nos cochos do seu chiqueiro ou, coberto de feno, deitá-lo debaixo do focinho das vacas: ele estremecia até o amanhecer pelo horrível trabalho noturno que fazia ranger portas, latir cachorros, levantar o vento; aos clarões róseos do primeiro sol, encontrava por toda parte a falecida, suja, meio devorada, com um galo em cima da cabeça ou com hera maldosamente enroscada em seus membros, com um forcado no maxilar; tinha tomado os policiais que vieram buscá-lo por coveiros desencaminhados a soldo do velho inimigo. E contra esses profanadores refinados, falsos policiais e falsos vizinhos, todos estranhos agentes funerários, todos sectários da tumba, ele erguia ao caminhar o punho para o céu, invectivando surdamente as árvores, o espaço inimputável; eu tinha pena e só podia reclamar em segredo: eu procedia assim com os turistas, no Loire, culpados certamente de me impedirem de escrever, a mim, universal fautor de páginas em branco, dois meses antes em Sancerre.

Perdi tempo a procurar na tabacaria os últimos títulos legíveis dessa "Série negra" que eu já tinha escumado; quando saí, a noite brusca de inverno caía, a primeira estrela brilhava no céu puríssimo. Uma vertigem orgulhosa tomou conta de mim, meu coração transbordou; na sobrenatural ausência celeste, a defecção da Graça que eu tinha reclamado de maneira tão vã pareceu-me de uma insuportável candura: caber a mim a teria maculado. Marianne tinha-se retirado, nada mais me separava da dolorosa vacuidade dos céus, numa tarde de geada: eu era esse frio, essa claridade devastada. Um menino sujo e assoviando passou, lançando um olhar atravessado para este homem que permaneceu literato e boquiaberto; a vergonha e o real voltaram. Eu gostaria de tocar numa mulher e de que ela olhasse para mim, de ver flores brancas nos campos de verão, de ser a púrpura e os verdes dourados de um quadro veneziano; andei depressa pela vila escura, com os meus maus livros debaixo do braço. A luz mortiça do Hôtel des Touristes, o único café da vila, vacilava no fundo da praça. Entrei na sala triste com mesas de fórmica, assoalho lívido lavado a baldes de água; nenhum exotismo salvava o pesado cheiro de estrume instalado sobre um *juke-box* descorado, um balcão digno dos piores subúrbios e o olho de uma televisão acima de uma patroa corpulenta, derreada. Os consumidores lamacentos e taciturnos ergueram a cabeça; Jean, de olho aceso, estava a uma mesa com o padre Bandy.

Entre eles, um litro de vinho tinto, vazio pelos três quartos; a tez igual dos crapulosos compadres manchava doentiamente seus rostos fatigados; duvidei de que ainda estivessem nas primeiras libações.

Cheguei-me à mesa deles. Jean perguntou: "Você conhece Pierrot?"

O padre, sem responder, estendeu a mão vaga. De novo, ele estava olhando para mim; não parecia estar me reconhecendo; nem parecia jamais me ter visto. Simplesmente, e talvez conscientemente, ele me desconhecia; qualquer um era para ele, doravante, árvore na floresta ou cadeira de bar, flor dos campos, irresponsável objeto diante de seu olhar irresponsável: todos úteis e necessários, figurantes esmagados mas cabotinos ainda de uma peça representada demais, nascidos da terra e voltando a ela; olhando para você, ele contemplava esse percurso, e não o que cada um, broto independente da videira, tinha feito dele.

Aceitando o meu olhar, no entanto, e embora recusasse reconhecer nele um destino particular, quero crer que viu nele, por um instante, como um vital que um raio de luz desperta, um jovem padre luminoso que um menino ofuscado olhava através das lágrimas, tocado por palavras dançantes, encantadas, heráldicas; viu nele o olhar de todas essas pessoas para quem tinha sido e continuava sendo, pedante ou embriagado, retórico ou irrisoriamente caridoso, "o senhor vigário". Sua atenção se desviou, voltou ao litro de que serviu Jean e ele próprio; o chumbo voltou a cobrir o vitral. O olhar de novo se afundou na neve: o senhor vigário era o pequeno Georges Bandy que tinha envelhecido. "À sua", disse Jean, azedamente jovial. O padre bebeu de um só gole, segurando o grande copo com uma firme delicadeza, como se fosse de ouro.

Eu não tinha sentado, estava esperando sem jeito, impostor que nem sequer tinha coragem de desmascarar outro impostor, ou um santo; eu insistia timidamente com Jean que me seguisse: não tínhamos de estar de volta à hora do jantar? Aliás, o litro estava vazio, eles se levantaram. O padre foi pagar no balcão: sobre o velho *blue-jeans* folgado na cintura, usava as suas botas terrosas como um alto missionário dos *jodhpurs*; o porte continuava teimosamente ereto num desses casacos de caça de veludo cotelê, com bolsos nas costas e botões de metal cunhados com trompas em relevo, que os camponeses daqui encomendam na Manufatura de Saint-Étienne; mal conseguia andar com a rigidez dos bêbados para quem tudo é abismo e que, funâmbulos, fingem não estar percebendo nada. Jean, apontando furtivamente para o padre que estava recebendo o troco da insossa patroa, fez uma mímica ao mesmo tempo brincalhona e administrativa: eu nunca o tinha visto tão natural, quase altivo, tendo eliminado qualquer luto. O padre impassível apertou a mão dos que o rodeavam, foi antes de nós para a porta; um cascatear de estrelas fê-lo erguer a cabeça: *Caeli enarrant gloriam Dei*. A boca altiva, onde havia desabrochado um cigarro da Virgínia, não citou nada; imaginei que ela havia terminado também de beijar os seios nus de uma Marie-Georgette apaixonada, ou de alguma outra Danaé de aldeia aberta à sua chuva de ouro. Do verbo e do beijo, da riqueza oral outrora tão estimada, restava-lhe apenas esse vestígio logo reduzido a cinzas, esse cigarro de fumo claro e ponteira dourada, com cheiro de mulher.

Ele esmagou a bituca com a bota, cumprimentou-nos. Sua bicicleta motorizada estava encostada no reboque tosco da fachada; ele agarrou resolutamente o guidão, montou na máquina e, com a cabeça muito erguida como se continuasse a olhar para as estrelas e recusasse decair sob aqueles olhos cegos e múltiplos, quase humanos em suma, pedalou para o motor pegar; a maquineta fez um magro ziguezague, ele caiu. Jean esboçou um risinho maravilhado. Com as duas mãos no chão, o padre levantou a cabeça: as estrelas, puras e frias, as criadas no Início, as condutoras de Magos, aquelas que levam o nome das criaturas, cisnes, escorpiões e corça com seus filhotes, as pintadas nas abóbadas entre flores ingênuas, as bordadas nas casulas e aquelas que as crianças recortam em papel prateado, as estrelas não tinham vacilado; a queda de um bêbado não entra na infinita narração delas. Penosamente o padre recolocou-se de pé; não resistira mais ao balanço dessa terra tomada pelo vinho: empurrando a sua engenhoca ao lado, ele se foi com passo rígido dentro da noite, naquela ruela de aldeia no fim do mundo. "A terra balança diante do Senhor, como um homem embriagado": ele era o olhar do Senhor, era a comoção da terra, e ao termo de tantos anos talvez, enfim, um homem. Tinha desaparecido, ouviu-se novamente na escuridão um barulho de ferragem; sem dúvida ele tinha falhado numa segunda tentativa.

No caminho de volta, andávamos depressa; Jean, alegrinho, falava da casa natal; qualquer espectro estava ausente: vamos, só mesmo os médicos para acreditar nessa história sombria de agentes funerários reativando sem parar uma madrasta de além-túmulo; acabariam por persuadi-lo; os mortos estavam bem mortos, havia-lhe dito o padre, que estava bem colocado para saber disso. Ele ia sarar, estaria em sua casa em Saint-Jean no verão, e nós iríamos lá comer presunto, com o padre, com todos os amigos, beber demoradamente na cozinha fresca. Como estivéssemos atravessando a floresta, ele se calou; a lua tinha nascido, dançava na copa das árvores, suscitava aqui e ali o fantasma de uma bétula; nas tabuletas frias, os cervos pintados saltavam interminavelmente na noite. Pensei no centauro embatinado que saltava outrora sobre sua moto; ele tinha olhos então para outras criaturas além das graciosas, das perfumadas, toda carne conquistada por seu verbo; depois, um dia que eu não conhecia, ele tinha perdido a fé nas criaturas, que é talvez a de agradar às belas criaturas: ninguém teve mais fé do que Don Juan. Com surpresa então, talvez com terror, com esse espanto que lhe causava o vôo de um pássaro ou uma epiléptica, tinha aprendido que existiam outras criaturas; tinha sabido que a idade nos faz a cada dia mais parecidos com elas, com uma árvore ou com um louco; quando cessara de ser belo padre, quando as risonhas se tinham afastado do velho vigário, ele chamara a si as outras, as desgraçadas, aquelas que não têm mais palavras, bem pouca alma e nem mesmo carne, e que a Graça, dizem, sabe atingir ainda melhor, num retiro prodigioso; mas por mais esforço que tivesse feito, em sua orgulhosa resolução, para amar essas almas pobres e equiparar-se desesperadamente a elas, não acredito que tivesse conseguido. Talvez me enganasse; restava o que meus olhos tinham visto: o menino terrível da diocese, o teólogo sedutor e esperto tinha-se tornado um camponês alcoólatra e confessor de malucos.

Nada se tinha passado senão aquilo que passa para todos, a idade, o velho tempo. Ele não tinha mudado muito — simplesmente tinha mudado de tática; tinha no passado chamado em vão a Graça mostrando quanto era digno de recebê-la, belo como ela, e como ela fatal; mimético com paixão, fazia-se de anjo como certos insetos se fazem de gravetos para surpreender a presa: no seu ninho de palavras puras, esperava o divino passarinho. Hoje, sem dúvida, já não acreditava mais que a Graça, dócil e metonímica, atingisse um belo orante remontando a cadeia de suas justas palavras trançadas até o céu, mas que, ao contrário, ela só se serviria do salto intenso da metáfora, a fulgurância brincalhona da antífrase: o Filho estava morto na cruz. Armado com essa evidência, Bandy, nulo e bêbado, quase mudo, trabalhava para se abolir, era o vazio que a indizível Presença encheria um dia: os bêbados acreditam facilmente que Deus, ou a Escrita, estão atrás do próximo balcão.

Questionei o doutor C., sem lhe dizer nada do Bandy que conhecera. Deu um sorriso indulgente: o padre era um homem bem incapacitado, mas inofensivo; além disso, os doentes gostavam muito dele, era do mesmo meio e tinha as mesmas taras, as mesmas qualidades talvez; era como eles inculto, mas pagava-lhes maços de cigarros de fumo escuro; podia ser terapeuticamente interessante incentivar o convívio deles. Não insisti, montamos em Novalis. C. lembrou-se rindo de que o telhado da igreja, em Saint-Rémy, estava caindo em ruínas, e que a incúria do padre o deixava desabar: só alguns internos do hospital, que encontravam nisso pretexto para sair, iam agora à igreja glacial, inundada, onde os passarinhos faziam ninho; e, como se a menção de uma igreja da roça tivesse desencadeado nele um irreprimível mecanismo, citou os primeiros versos do poema de Hölderlin em que se trata do azul adorável de um campanário, e do grito azul das andorinhas. Eu pensei com amargura que, nesse mesmo poema, é dito que o homem pode imitar a Alegria dos Celestes, e "com o divino medir-se, não sem felicidade"; pensei com alegria que, erroneamente, "mas poeticamente sempre, sobre a terra habita o homem"; e, com tristeza, que em mim também um padre doloroso e um campanário desencadeavam mecanismos, citações, vento: sob a bandeira do Pathos, cavalguei com o doutor C.

Estou chegando ao fim desta história.

No refeitório, eu almoçava habitualmente ao lado da janela, na frente de Thomas. Não só tinha notado até então o apagamento obstinado, sorridente, desse homenzinho muito contemplativo e cândido; tinha notado também que ele estava bem vestido, mas como são os pequenos funcionários que não querem ser notados ou, como se diz, querem ficar em seu lugar. Cheio de atenções para com os companheiros de mesa, passava os pratos com uma educação sem afetação nem pressa, o que me agradava; além disso, e embora não parecesse totalmente inculto, nem as delícias nem a aflição da doença mental lhe serviam de pretexto para fazer-se de coquete: tínhamos trocado algumas palavras sobre a política, a personalidade dos médicos, os programas de televisão, discursos vazios. Um dia, com o garfo parado, o olhar perdido, olhou obstinadamente para fora, durante intermináveis segundos; não havia ninguém lá fora; o queixo de Thomas tremia, ele estava transtornado. "Veja, disse ele, como eles sofrem." Sua voz entrecortou-se. Olhei na mesma direção: debaixo de uma tênue brisa de inverno, agitavam-se fracamente pinheiros ácidos. Um melro. Alguns melharucos girovagantes, de uma árvore à outra, e o grande céu neutro. Eu estava estupefato: que mistério me queriam apontar ali, que eu não via? As árvores, diz Saint-Pol-Roux, trocam passarinhos como palavras; essa metáfora agradável me veio ao espírito, com uma pungente vontade de rir: eu poderia, batendo em meu prato, cantar por minha vez esse sofrimento, berrando esse sofrimento — de quem? Eu achava que estava num romance de Gombrowicz; mas não: eu estava na casa dos loucos, e respeitávamos as regras do gênero.

Thomas se aquietou tão subitamente quanto se tinha exaltado. Comeu, sem uma palavra nem um olhar para o sofrimento difuso de que ele acabara de bater a cunha de inverno. Daquela terra mimada, eu não podia, eu, afastar os olhos; alguma coisa tinha passado por ali, as árvores já não tinham mais nome, nem mais nome os pássaros, a confusão das espécies me deixava estupefato: assim como um animal que recebesse a palavra, ou um homem que a perde com a razão, eles devem perceber o mundo. Jojô, desligado de seu cocho e mais saciado do que nunca depois de seu simulacro de refeição frustrada, passou para aquele deserto e restabeleceu o equilíbrio; os seus pobres braços remaram por um instante no meu campo visual; alguns pardais, com sua aproximação, irromperam de uma sorveira; punhos dele, entorpecidos, mais uma vez, boxearam no ringue universal: das árvores tocadas ao acaso de sua marcha, feixes de água o inundavam. "O Deus", disse comigo, "do Espelho Fumegante, que é aleijado e tem duas portas que batem com grande ruído no peito." O deus bárbaro cambaleou no canto de uma terra lavrada, desapareceu dentro do bosque; eu estava aliviado, minha vontade de rir desaparecera, eu comi: Jojô caminhava sobre dois pés, podia-se fazer dele um deus, era mesmo um homem.

Eu gostava dos enfermeiros, sujeitos otimistas, com quem eu jogava bisca; fiquei sabendo por eles qual era a paixão de Thomas. Ele era pirômano, e atacava as árvores; muitas vezes, em plena seca, os meus homens tinham que correr para cá e para lá no parque com extintores. Aliás, encaravam a coisa com filosofia; eram pessoas alegres a quem nada mais espantava, e em seus risos, acredito eu, eram realmente caridosos; o emaranhado de tantas palavras delirantes, infinitamente relativas, os havia depurado, ao contrário dos médicos que se atribuíam um direito de olhar estatutário sobre essas palavras; e elas eram para os psiquiatras o que seriam um filme dos irmãos Marx para as páginas culturais de um semanário: nada sérias, maldosas e precisando de socorro, no essencial. Ri com eles dos contratempos de Thomas, irmão Marx dos fósforos esgueirando-se pela noite, com as mãos úmidas como um namorado ou um assassino, e a quem perseguiam num parque, no verão, seus compadres mortos de rir sob suas lanças de água. Mas bem sabíamos que não era tão simples:

Thomas talvez tivesse infinitamente dó, de todos e de tudo; quando seu dó o sufocava, e nenhuma lágrima ou angústia podia dar conta dele, libertava-se passando, no tempo de um flamejante simulacro, para o lado dos carrascos. Eu o imaginava, diante do exorcismo crepitante, prestando as narinas ao cheiro de pinheiro vermelho como um deus aspira um sacrifício, com o rosto de pequeno funcionário iluminado com violência em toda a glória de um Portador de Raio; ele era o coelho a que o farol ofusca, era o lampadóforo a quem o ás intima, e desnorteado entre esses dois papéis intercambiáveis, terrificado por eles o serem, tremia quando os homens o traziam de volta a seu quarto, brincalhões e maternais. Pelo resto, sim, ele tinha dó; esse mundo privado de graça desde a origem das espécies mortais, por certo o teria querido tranqüilo, fora de melodrama, desaparecido; todo o criado era a seu ver digno de dó: a Natureza Naturada havia errado o golpe. Era seu jeito próprio de considerar os lírios dos campos.

Um domingo de janeiro, a madrugada viva em minha vidraça me fez levantar cedo; sob o mesmo sol levante, esquizofrênicos e simuladores, e todos aqueles que eram uma coisa e outra, cruzavam-se no refeitório com uma tigela fumegante e, sentados, levavam-na demoradamente à boca, massacrados pelo vazio do dia; muitos estavam endomingados. Thomas era um destes. Brincalhão, insistiu para que eu o acompanhasse à missa. Eu desconversei: fazia anos que eu não assistia à missa; era e continuo sendo ateu mal convencido; aliás, eu me aborreceria se fosse. Silenciava a minha reticência essencial: a vergonha de ir até a vila em companhia da horda desenfreada. Então, ele, tendo-me compreendido e olhando bem de frente, com uma dolorosa modéstia: "Você bem que pode vir: só há nós dois, na missa." Nós, os voláteis, os impostores, os fazedores de corpo mole de todo gênero. Enrubesci, fui me trocar e acompanhei Thomas.

Fizemos o belo caminho, enquadrados por um enfermeiro como uma turma de presos por seu guarda: eles eram numerosos, esses possessos todos e esses heresiarcas, arrastando sua galé e levando à cabeça a mitra amarela, a caminhar rumo à Vera Cruz. À frente, alguns profundos cretinos caminhavam mais depressa, depressa demais como fazem todos eles no seu afã de atingir um alvo sempre escamoteado; seus hálitos dançantes fugiam, eles desapareciam atrás de uma curva, sua palra atenuava-se num bosque, sintonizava-se com o pipiar das criaturas mais puras na geada; depois fugas de pássaros, e de novo a horda cambaleante, suas tolas invectivas, risos e palavras surpreendentes, quando o enfermeiro esbaforido a compactava junto a nós. No final do triste cortejo, eu caminhava entre Jean e Thomas: entre um sectário desvairado com a eterna ressurreição da Mãe e um cátaro sombrio imputando a falha da criação a algum avoengo *Sabbaoth* bêbado de morrer, eu, pedinchão de Graça difusa, filho perpétuo na omniausência do pai e na fuga das mulheres, ia celebrar o eterno retorno do Filho ao seio do Pai e sua eterna difusão sangrenta no seio das criaturas. Seria, em tempos menos clementes, um belo trio para a fogueira. Tudo isso sob o riso tênue, de prata fria, de um sol de janeiro.

Aproximávamo-nos, os telhados rebrilharam, a vila em seu vale nos apareceu; no espaço ampliado, o sininho tocava. O doutor C. e Thomas tinham dito a verdade: o repique alegre e triste não convidava ninguém à tristeza do sacrifício, à alegria dos renascimentos; ninguém na praça, nem nos degraus da igreja; de toda a extensão azul que ele comovia em vão, o sino de

Saint-Rémy não chamava outras ovelhas senão aquele rebanho vago que, entrechocando-se, batia em cada pedra e em cada palavra, descia pesadamente as ruelas, fazia ecoar a praça com seus galopes frívolos, mergulhava sob o átrio lacrimejando. O bronze oco, o bronze radioso e altivo, soou até que passássemos a porta: sob o campanário, o vigário de casula comum voava com a corda, atarefado, sério, dançante.

Instalamo-nos barulhentamente; o sino ainda teve alguns sobressaltos, calou-se. Para nós apenas, o padre tinha dançado com sua corda e, tendo determinado que aquela voz divina nos saudasse, apaziguava-a; era imprudente, aliás, submeter a esse abalo profundo a nave, consideravelmente danificada: a estrutura muito simples estava desnudada acima do coro, onde a luz do alto cascateava; uma viga preta banhava no céu cândido; uma queda de gesso havia obstruído a porta da sacristia; e, atrás do altar, uma vasta fenda abria-se para o azul tocante do céu. Os santos de gesso tinham sido encapuchados para atravessar a umidade das noites que reinava sob as arcadas como numa floresta; o altar estava coberto com um encerado espesso de pano de tenda de um verde velho. Sempre seriamente, pausadamente, o padre desencapuchou alguns santos: São Roque, o curandeiro, de bragas e blusa de burel, a mostrar na coxa a chaga carbunculosa partilhada com os bois, com as ovelhas, São Remígio, o bispo, o erudito confessor dos velhos Carolíngios, alguns outros; deu um sorriso talvez modesto, cheio de humor insondável, ao ligar um vão aquecedor naquela nave aberta a todos os ventos. Finalmente pegou um canto do encerado, deu uma olhada para a assistência, e Jean, respondendo talvez a um rito renovado a cada domingo, precipitou-se, pegou a outra ponta, e ambos o desenrolaram; assim Moisés chamava, ao fazer alto, o mais ingênuo dos condutores de camelo das tribos de Israel e, cúmplices por um momento, instalavam juntos a tenda da arca. Nesse deserto, o tabernáculo apareceu. Bandy galgou os degraus e começou.

Como muitos anos antes, só pude extasiar-me amargamente; estava estupefato, estava apagado. Tudo ruía, mas o naufrágio era de intratável decência: a ênfase soberana do gesto e do verbo tinha soberanamente caído, a mediocridade da dicção era perfeita, a língua extenuada não atingia nada nem ninguém; as palavras exangues se sufocavam nos escombros, fugindo pelas frestas; como Demóstenes e para efeitos contrários, Bandy havia enchido a boca de calhaus. A missa, na verdade era rezada em francês, de acordo com a liturgia reformada do Concílio; mas eu bem sabia que Bandy no passado tinha feito de modo que sua própria língua, passada no crivo de uma dicção turbilhonante e fatal, ressoasse como o hebreu; hoje, fazia dela um idioma suficiente, límpido, maquinal, nem mesmo dialetal, a vã e monótona cheia expletiva de um Ser inencontrável, uma interminável fórmula de cortesia laminada por séculos de usura: ele celebrava a missa como numa sala vazia gira um disco riscado, como um mestre de hotel pergunta se se comeu bem.

Tudo isso sem afetação e sem ironia, sem simulacro de humildade nem de unção, com uma furiosa modéstia. A máscara era perfeita, e patético o esforço para ter outro rosto que não essa máscara: a casula endomingava-o, não sabia o que fazer com a estola, beijava a toalha do altar com a canhestra contenção de um pajem camponês que beija, maquiada e decotada, uma noiva da cidade; os santos enumerados no *Confiteor* pareciam de gesso pintado, a Virgem Maria era a Boa Senhora que minha avó tinha reverenciado; as alusões às três pessoas da Santíssima Trindade, à sua obscura relação num círculo estranho, eram ditas bem depressa com uma espécie de mal-estar, como uma formalidade incompreensível de que se desculpava por ter que importunar com ela a assistência. Nessa nave estripada e para o público que se conhece, esfalfava-se a se mostrar um laborioso camponês de batina por acaso, um escorchador de palavras consciente de sê-lo e na medida do possível remediando, mal sendo capaz, pela força do hábito e da perseverança, de dizer uma missa correta.

Os cretinos não paravam no lugar — e, no entanto, curiosamente, a seu modo eles assistiam. Interessavam-se por algo, lá adiante, na direção de Bandy; essa missa infinitamente relativa não os espantava mais do que um revoar de gafanhotos nos campos, o murmúrio indefinido das árvores, das moscas ao redor de uma fruta passada; aproximavam-se precavidamente do coro, enganchavam à grade baixa suas mãos flácidas e rapazes, esticavam o pescoço para ver melhor tremerem os élitros, ouvir o vento a unir nas folhas; um deles se arriscou até a tocar com a ponta dos dedos a casula a estalar. Voltou correndo e rindo à socapa, intimidado com sua própria audácia mas orgulhoso da façanha; o enfermeiro brincalhão repreendeu-o em voz alta: o infeliz deu uma risadinha engasgada do mau sujeito que é também o primeiro da classe.

O padre abençoava essas criaturas aparecentes, invencidas, despóticas, na falência do verbo.

Gravemente veio em nossa direção, seu olhar de neve nos roçou, começou a sua prédica. Era a missa da epifania, que comemora desde sempre a adoração dos Magos; lembro-me de outros sermões em que a palavra de Bandy, triplicemente régia e seguindo uma estrela, tinha jogado com a errância dos Reis caravaneiros e com a lucidez dos céus noturnos que os arrasta pelos caminhos, com a presunção desses portadores de mirra subjugados pela arrogância divina do Verbo feito criança. Não falou dos Magos: a rendição dos Reis à Palavra encarnada não o concernia mais, ele, cuja palavra de ouro não dobrara o mudo, o impassível Dispensador de toda palavra. Falou do inverno, das coisas na geada, do frio em sua igreja e nos caminhos; pela manhã, ele tinha recolhido na abside um passarinho gelado; e, como teria feito uma solteirona ou um aposentado sentimental, compadeceu-se com os pardais que o gelo fulmina, com os velhos javalis que a fome devora, apavorados e grunhindo dolorosamente na neve, o belo açúcar branco que dá fome; falou da errância das criaturas que não têm estrela, do vôo obtuso dos corvos e da eterna fuga adiante das lebres, das aranhas que peregrinam sem fim nos palheiros, à noite. A Providência foi mencionada como lembrança, talvez por antífrase. Todo estilo havia desaparecido; o sermão perfeitamente átono despia-se de qualquer lastro de nome próprio; sem David, sem Tobias, sem fabuloso Melquior; frases sem período e palavras profanas, o pudor algo ingênuo dos lugares comuns, do sentido desvendado, da escrita branca. Como um Grande Autor que outrora tivesse feito dançar seus leitores "na frigideira de sua língua" sem reunir através deles os sufrágios do Grande Leitor do alto, ele ia doravante aos mais deserdados, àqueles a quem toda leitura espanta, com palavras do dia-a-dia e temas de cançonetas; Deus não era forçosamente um Leitor Difícil; sua escuta podia moldar-se pelo ouvido vago de um cretino. Talvez o padre tivesse querido, como Francisco de Assis, falar só para os pássaros, os lobos; pois se esses seres sem linguagem o tivessem entendido, então ele teria ficado seguro; teria sido que a Graça o tocava.

 Corvos e javalis comoveram os idiotas: gargalhavam, apoderavam-se ao acaso de uma palavra do padre, relançavam-na em diversos tons; o enfermeiro ralhava com eles; nessa confusão, alguns esquizofrênicos impávidos se recolhiam como sempre, sepultados em seus atributos angélicos, na ausência e no enigma. A meu lado, de rosto cruelmente arrebatado, Thomas olhava para o canto de céu pendurado na trave negra, o anjo de uma Adoração de Dürer ali se atirava de longe sobre ele, ou as larvas abjetas de uma Tentação com o vôo desordenado dos pardais. Em cima de tudo isso, algo de vagamente vergonhoso, próximo do pior. O padre retomou a missa; consagrou o pão, o Filho apareceu, os malucos se agitaram; a porta da igreja se abriu com estrondo: na soleira, de bafo pesado, um deus asteca contemplava o Verdadeiro Corpo.

O enfermeiro se precipitou, evacuou sem contemplação o maltrapilho; fora de si mas assustado, Jojô sendo levado gemia surdamente como um cão que apanha. O padre tinha-se virado: ele sorria.

No fim do abafado mês de agosto de 1976, eu estava de passagem na cidadezinha de G., em busca de livros; nenhuma Graça me tinha chegado e, febrilmente, compulsava em vão todas as Escrituras tentando achar a receita. Encontrei um enfermeiro de La Ceylette; falou-me dos que eu tinha conhecido ali: Jojô tinha morrido, e morrido Lucette Scudéry; Jean estava aparentemente murado contra a vida; Thomas, que de vez em quando era devolvido à vida civil, respondia pontualmente ao apelo das árvores, libertava-as pelo fogo, e se via de novo enclausurado. "E o padre?" O enfermeiro riu sem alegria; contou-me o seguinte, que datava da semana anterior:

No sábado, Bandy tinha bebido com operários agrícolas que vinham bater o trigo; quando o Hôtel des Touristes fechou, as libações continuaram no presbitério; os companheiros embriagadíssimos se separaram com grande algazarra em Saint-Rémy, ao romper o dia. No domingo de manhã, o cortejo habitual partiu de La Ceylette; no ponto mais profundo da mata do Puy des Trois-Cornes, os internos reconheceram, encostada na tabuleta da estrada onde salta a figura cornífera, a bicicleta motorizada do padre. Jean lançou-se dentro do mato, com o enfermeiro em seus calcanhares; na orla de uma clareira próxima, recoberto da sombra eclesial de uma faia contra a qual parecia estar sentado, desmoronado no espinho branco e na hera amassada, abraçando as samambaias, com a camisa de algodão grosso azul aberta sobre o peito de marfim, o padre, com os olhos arregalados, olhava para eles: estava morto.

No dia nascente, límpido no céu glorioso e leve como um canto de bêbado, o Puy folhudo o chamou. Ele entrou na mata; de seus pés calçados de botas fez levantarem-se odores, a sombra verde tocou-lhe a fronte; estava fumando; o vinho bebido o embalava, as tenras folhas o acariciavam; pronunciou com espanto algumas sílabas que não conhecemos. Alguma coisa lhe respondeu, que se parecia com a eternidade, na loquacidade fortuita de um passarinho. O bufido próximo de um cervo não o surpreendeu; viu uma javalina vir em sua direção mansamente; os cantos tão razoáveis foram crescendo com o dia, aqueles cantos que ele ouvia. A claridade do horizonte desvendou uma vegetação debaixo da mata cheia de poupas, de gaios, com plumagens ocre e rosa como flores, bicos atentos e olhos redondos cheios de espírito. Ele acariciou cobrinhas muito mansas; falava sem parar. O toco de cigarro queimava-lhe o dedo; puxou sua última baforada. O primeiro sol bateu nele, ele cambaleou, segurou-se em pelagens fulvas, em punhados de menta; lembrou-se de carnes de mulheres, de olhares de crianças, do delírio dos inocentes: tudo isso falava no canto dos pássaros; caiu de joelhos na transtornante significância do Verbo universal. Ergueu a cabeça, agradeceu a Alguém, tudo adquiriu sentido, ele caiu morto.

Ou então era a falsa madrugada, quando os galos ofuscados cantam uma vez, estranham o isolamento de seu grito, voltam a dormir; quão negra é ainda a noite. Meio-dia está longe: hieróglifo acabado e forma consumada, amparado por sua vida irrevogável, o padre Bandy se cala e dorme na imensa casula verde das florestas onde passam grandes cervos fictícios, lentos, com uma cruz entre seus cornos de dez galhos.

Vida de Claudette

Em Paris, onde eu ia mendigar o céu por uma segunda chance em que não acreditava, a ausência de Marianne acabou por apodrecer em mim. Lá passei dois anos vociferantes, nulos, em sonho: implorava alto socorros para ter o lazer de recusá-los melhor; decuplicava a minha aflição torturando as poucas almas prestativas ou frágeis a que minha insistência de apelos tinha comovido. Eu mudava na esteira dessas pobres moças, na indiferença, no furor: na rua Vaneau, eu quebrava portas à noite, e tremia no dia seguinte, diante da zeladora; na rua du Dragon, recrutado por suscetíveis andrajosas na minha medida, fui promovido a haxixino e dormia debaixo da pia; em Montrouge, ausentei-me por todo um inverno: a moça bem jovem que então eu martirizava corria Paris, com os bolsos cheios de receitas falsificadas, e trazia-me barbitúricos aos cestos; seus olhos muito verdes e clementes me olhavam, a mão de menina me estendia gentilmente essa provisão obscura, tudo vacilava, minha vigília era sono; minha mão tremia tanto que as inumeráveis páginas escritas nesse coma são misericordiosamente ilegíveis: o Céu faz bem aquilo que faz. Uma vez, vi um lilás em flor pela janela, e era primavera. Ignoro o nome do bairro chique de onde, uma noite, no inverno, eu fugi ou fui expulso de um ateliê nas águas-furtadas de um sobrado *modern style*:

estuques zombeteavam nos buxos frios, faunos, de bocas abertas sob a lua; eu insultava alguém; minhas mãos escorchadas buscavam as grades, as feridas, as saídas. Nem a caminhada nem a geada dissiparam a minha embriaguez: ruínas da minha consciência então devastada e da minha lembrança que hoje se eclipsa, revejo a água estagnada do canal Saint-Martin, um sinistro botequim da Bastille, e debaixo dos neons *a giorno*, a defecção dos rostos votados à noite. Os grandes trens atarefados sobre os dormentes trêmulos fizeram levantar-se a madrugada; um povo de espectros acabrunhados e muito mansos chegava dos arrabaldes, com o dia em seus calcanhares: eu estava na plataforma de Austerlitz, não ia partir.

Escapei, entretanto, salvo dos fastos da capital por uma cegueira de mulher, que me tomou por um autor; o negócio concluiu-se em uma noite, num bar de Montparnasse onde um garçom folgazão me servia vinhos brancos num copo de chope; levei a complacência até as lágrimas. A bela escutava-me bebendo refrigerantes; achou-me amável, levou-me consigo. Ela era lindamente loira, sem malevolência, devota da psicanálise.

Claudette era normanda; eu ia, pois, para a Normandia: só as leis de uma exogamia fantasista são bastante fortes para me fazer mudar de lugar. Em Caen, fui instalado no primeiro andar de um prédio funcional, entre os livros e as árvores de um parque agitadas na janela, prenhes de chuva atlântica. Uma delas, um carvalho evidentemente, embora submetida à comum chuvarada, era mais diserta do que as outras; tinha um passado, o que é uma maneira de ter um nome e uma linguagem: ao pé dela, disse-me Claudette, Charlotte Corday tinha feito outrora voto de matar o matador de reis antes de se afastar de lenço ao pescoço na madrugada molhada de Auge, rumo à morte de outro e à sua, ao cutelo e à salvação. Puxei Claudette, beijei-a, toquei-lhe o pescoço; ao fazer isso imaginava Charlotte, demente e argumentadora, com seu pequeno pacote de viagem amarrado com um lenço, obtusa, cultivando a obtusa casca de histórias desconexas de rainhas profanadas, de massacres em setembro, de punhal e de mandado divino: como autor, pensava eu, quem sabe de que ele fala ou para quem, mas vale-se da proferição de palavras vazias para reclamar dos céus um estatuto único, e na morte desastrosa, a assunção de um nome memorável. A árvore cega escorria.

A despeito desse ilustre modelo e de seu público folhudo, eu nada escrevi. Saía do longo sonho dos barbitúricos, tendo já no primeiro dia destruído as receitas, por desafio talvez e gosto pelo gesto, ou, de maneira mais chã, para me conformar ao risível fantasma do segundo nascimento; e a solicitude de Claudette evitava que meus olhos encontrassem garrafas. Mas eu sonhava que estava escrevendo: ajudavam-me nessa ficção os festins de anfetaminas, aos quais uma amiga menos séria de Claudette me havia convertido sem dificuldade.

Ao prisma agudo dessa droga fria, Caen foi para mim um deserto: eu estava luminoso, estava tenso, tensões luminosas com minha aproximação rasgavam o espaço massificado em torno de ângulos duros; nuances e profundidade me escapavam, e me escapava o miraculoso descanso das sombras progressivas, os azuis e as brumas e aquelas em que os azuis de ouro pouco a pouco se desfazem, humilde revolta e último refúgio das coisas diante da lucidez irritável dos céus; cubos intratáveis de velhos mestres de Siena picavam a cidade, seus horizontes e seus climas, e nesse gelo o ar impalpável se tomava em grandes polietros frios: eu rejubilava nessa banquisa, com uma mão transida em torno do coração, olhos de vidro claro e uma inteligência lívida de réprobo do último círculo. Em vão os doces campanários de Caen, caros a Proust nos seus bosquetes úmidos e seu nimbo de ar pluvioso, faziam-me sinal; só a verticalidade batalhadora da Abbaye aux Hommes[1] enfrentando os céus violentos encontrava eco no meu espírito: meu espírito inteiro crispado num punho de neve, como uma fachada ofuscante que fere, invariável e não esperando nenhum apagador de noite, um raio duro de sol petrificado.

Sobre essa fachada eu escrevia, em sonho.

Instalava-me desde as primeiras horas em minha mesa de trabalho, sob o olhar cada dia mais dubitativo de Claudette; eu tinha antes desaparecido por alguns segundos no banheiro para ingurgitar uma tríplice ou quádrupla dose, e a linda loira não se deixava enganar com esse jogo de esconde-esconde de que eu voltava com os olhos risonhos e as mãos duras, envergonhado talvez, mas radiante de sórdida alegria. Dolorosa, ia para seu gabinete onde a esperavam casos sociais e débeis que ela cercava de uma solicitude talvez decrescente desde que escondia entre suas paredes um caso maiúsculo, pouco decorativo e de uma casca irremovível; eu pilheriava. Que tinha eu a fazer com essas tolices, eu a quem um pouco de pó branco consagrava cotidianamente como Grande Autor? Uma manhã exaltada, infecunda e fúnebre, mas, repito, alegre, começava; eu era chama e fogo frio, era gelo que se quebra e cujos belos estilhaços, tão variados, faíscam; frases muito apressadas, profusas e licenciosas sinistramente,

---

1. Abadia dos Homens. (N.T.)

atravessavam sem trégua a minha mente, num instante variavam, enriqueciam-se com sua volatilidade, e floresciam em meus lábios que as lançavam ao espaço triunfal do quarto; nenhum tema nem estrutura, nenhum pensamento travava seu prodigioso balbucio; escondida em todos os cantos, carinhosamente debruçada sobre mim e bebendo em meus lábios, uma grande Mãe embevecida, benévola e toda ouvidos, acolhia a menor de minhas palavras como ouro estrebuchante; e ouro, minha menor palavra soava aos meus ouvidos, decuplicava-se em minha mente, ouro conforme saía por minha boca: avaro, eu não entregava sequer uma onça ao papel. Como eu ia escrever bem!, dizia-me eu entretanto; não bastava que minha pena se assenhoreasse do centésimo dessa fabulosa matéria? Ah! ela só era assim porque não tinha nem tolerava dono, nem mesmo minha própria mão. Escrevesse-a eu, e ela só deixaria sobre a página cinzas, como uma acha de lenha depois da labareda ou uma mulher ao sair do prazer. Vamos, eu ia de qualquer modo escrever, bem logo; nada tinha pressa. Às cinco horas da tarde, eu estalava os dentes. Com o esgotamento do artifício que o havia suscitado, meu olho solar se eclipsava sob uma noite cinza lançando trevas sobre o universo: eu olhava em cima da mesa uma pilha de papéis em branco intocados; nenhum eco no quarto mudo celebrava a memória da obra impotente ainda uma vez proferida, eludida. Assim passava o tempo: a árvore histórica pela janela se enfeitava a cada dia de folhas mais palradoras que nada ficavam a dever à loquacidade de uma mulher outrora inspirada, morta.

As anfetaminas me alquebravam; mas penso hoje, com um aperto no coração e uma saudade como de mulher outrora minha e que não terei mais, que lhes devo instantes da mais pura felicidade, e de certo modo literária. Tendo-as tomado, eu ficava implacavelmente só; era rei de um povo de palavras, escravo delas e seu par; estava presente; o mundo se ausentava, os vôos negros do conceito recobravam tudo; então, sobre essas ruínas de mica radiosas de mil sóis, minha escrita postiça, virtual e soberana, espectral mas única sobrevivente, planava e mergulhava, desenrolando uma interminável faixa com que eu envolvia o cadáver do mundo. Eu, sobre esse túmulo cujo epitáfio declamava incansavelmente, única boca desfiando o infinito filactério, eu triunfava: passava para o lado do mestre, para o lado do cabo, para o lado da morte. Essa felicidade não devia nada à força da alma, mas era, talvez, superlativamente, felicidade de homem; como a jubilação dos bichos vem de que eles não diferem da natureza de que participam, a minha vinha de coincidir exatamente com aquilo que, dizem, é para o homem natureza: palavras e tempo, palavras lançadas em pasto vão ao tempo, quaisquer palavras, as falseadoras e as verídicas, as bem sentidas e as insensíveis, o ouro e o chumbo precipitados com perda e estrondo na corrente sempre íntegra, insaciável, escancarada e calma.

Esperava de Claudette que me provesse de veneno; ela se recusou a isso. Eu fazia amor com ela sem atenções, bruscamente; queria a sua carne tão lábil e submissa quanto me eram as palavras; mas não, ela pertencia mesmo ao mundo, existia sem mim, queria e resistia, e eu me vingava dando-lhe prazer: de seus gritos pelo menos eu me julgava a causa, eles eram palavras a que eu a constrangia. A despeito de minhas vagas denegações e simulacros matinais, ela bem sabia que eu não escrevia: o autor fanfarrão de Montparnasse era aquele farrapo exaltado, aquele maníaco sentado à mesa diante de folhas virgens; além disso, eu tinha rechaçado com sarcasmos indignados as tarefas profissionais que suas relações lhe permitiam propor-me; ela me alimentava; estava desesperada, pois o meu riso havia ridicularizado as pobres paixões de biblioteca cor-de-rosa, ou que minha presunção julgava tais, que lhe davam de si mesma uma imagem não muito derrisória: o tênis, o piano, a psicanálise e os *charters*.

Ela tinha nobreza, no entanto. Lembro-me de seu olhar, num dia de inverno, à beira-mar; ela já começava a se desencantar, mas não tinha perdido toda esperança: eu não era autor, sem dúvida; era preguiçoso e um pouco mentiroso; pois bem, ela se adaptaria a isso, faria o melhor possível, mas que, por favor, eu lhe permitisse, aceitasse que ela vivesse neste mundo como ela permitia que eu vivesse fora dele: tudo isso, seu olhar sobre mim dizia, sem insistência nem lágrimas, com dignidade, com amor. Ela usava um gorrinho de lã tricotada, botas de borracha amarelas, infantis e alegres na areia sombria; o frio a deixava rosada, o grito brusco das gaivotas aumentava a sua melancolia; meus olhos a deixaram, deram a volta pelo imenso horizonte das praias que o inverno entregava à violência neutra, à queixa, ao torpor; vi um Volkswagen branco parado distante nas dunas, um céu intenso, cinza de ferro com toques exaltados de alvaiade, e o grande repto marinho irritado, inchado, sem fim atarefado: o mundo, e não tão fútil quando inalienável. E Claudette ali, bem pequena sobre a areia com seus sapatos amarelos, cheia de boa vontade, que pára um pouco na minha memória, corajosamente caminha nesse verde e nesse cinza que se apagam, alguns passos mais, um pouco de amarelo ainda, os nevoeiros a carregam, ela desaparece.

Eu decepcionei Claudette, e é dizer pouco; o último sentimento que ela teve por mim, o último olhar que me dirigiu, foi de repulsa talvez, de medo e de piedade misturados. Ela fugiu daquilo que a despojava, e talvez se tenha reencontrado no curso das coisas. Terá casado com algum universitário, esportista e belo espírito, de pensamento magistral ou de futuro notável; ela corre pelo verde das quadras, de saiote de tênis salta da sombra para a luz, o bonito barulho da bola vem a calhar, suas coxas tenras param, partem de novo, à sua cintura dança o leve tecido; terá terminado sua tese e corado com os elogios da banca; ri sob uma pequena vela no mar alegre, mãos a abraçá-la encurtam-lhe o fôlego, o mundo inesgotável é feito de distâncias quilométricas, de altas mesquitas e de floras exultantes debruçadas sobre praias infinitas, de horários de vôo e de homens apressados, passeando o seu grande nome e seus trajes de noite em jardins de verão, voluntariosos e serenos como estátuas, gloriosos como patriarcas, ardentes como jovenzinhos, e que a cortejam. Sua análise interminável é cheia de saltos imprevistos que lhe fazem uma vida por falta de lhe fazerem outra; desaparecimentos a magoam, fugas, a felicidade não vem; ou talvez ela esteja morta e teria merecido uma mais vasta Vida Minúscula. Que não se lembre de mim.

Parti de Caen em circunstâncias vergonhosas. Na estação onde Claudette me deixou, estávamos ambos acabrunhados, mãos fugidias, medrosamente instalados naquilo que é sem recurso. Lembrei-me de que ela me havia esperado aqui mesmo uma noite, de vestido longo e maquiada, oferta à dura cobiça dos ferroviários, à tropa estafada de homens de olhar brutal, de mãos ávidas e negras, derrotados por trabalhos distantes e a quem insulta, em contrapartida, beleza fresca entre notas amassadas e soldados bêbados, o luxo de uma mulher decotada. Eu estava entregue a essa tropa, não desarrumaria mais os seus lençóis; ela fugiu; a noite de fim de verão corria sobre os trilhos brilhantes, os trens ardentes rutilavam. Eu hesitava vagamente entre vários destinos; uma sorte farsante e *blasé* lançou os dados, subi num vagão, as agulhas fizeram o resto: cheguei a Auxanges.

Aí encontrei Laurette de Luy.

Vida da pequena morta

É preciso terminar. Estamos no inverno; é meio-dia; o céu acaba de cobrir-se uniformemente de baixas nuvens negras; bem perto, um cachorro lança em intervalos regulares aquele grito lento, muito soturno como de concha marinha, que faz dizer que ele uiva para a morte; talvez vá nevar. Penso nos alegres latidos dos mesmos cachorros, nas tardes de verão, quando traziam de volta os rebanhos em poças de claridade; eu era criança, a luz também o era. Talvez eu me esgote em vão: nunca saberei o que fugiu e se escavou em mim. Imaginemos mais uma vez que foi como vou dizer.

Em minhas lembranças de tenra infância, estou muitas vezes doente. Minha mãe me pegava junto de si em seu quarto; velavam sobre mim devotamente; gritos irreais de criança subiam do pátio de recreio, rodopiavam e desapareciam nos vôos das andorinhas; lançavam lenha na lareira, tudo crepitava; ou então tudo se apagava e no último vermelhão apareciam fantasmas primeiro teatrais e discerníveis com os quais se podia brincar; depois, tão espessos que se hesitava em nomeá-los, até que ficassem anônimos e unos como a escuridão empoleirada sobre uma criança. O dia voltava, e uma nova labareda brotava das saias negras de Élise curvada, que a entretinha soprando sobre as cinzas, depois me sorria docemente na claridade surgida. Espero que eu lhe tenha sorrido, também. Ela me deixava: então eu descobria tudo; descobria o espaço pela janela, o peso do céu ao longe sobre a estrada para Ceyroux, o grande céu pesando igualmente sobre Ceyroux que eu não via e que, no entanto, a essa hora mantinha teimosamente o seu querer ínfimo de telhados e de viventes atrás do horizonte tenebroso das florestas. Eu convocava os lugares invisíveis e nomeados. Descobria os livros, onde a gente pode sepultar-se tanto quanto debaixo das saias triunfais do céu. Ficava sabendo que o céu e os livros fazem mal e seduzem. Longe dos jogos servis, descobria que se pode não mimar o mundo, não intervir nele, com o canto dos olhos olhá-lo fazer-se e desfazer-se, e numa dor reversível em prazer, extasiar-se de não participar; na intersecção do espaço com os livros, nascia um corpo imóvel que era ainda eu e que tremia sem fim no impossível desejo de ajustar o que se lê à vertigem do visível. As coisas do passado são vertiginosas como o espaço, e seus vestígios na memória são deficientes como as palavras: eu descobria que a gente se lembra.

Isso importa pouco; a ênfase não me havia ainda estragado. Eu tinha um cofre, um clássico porquinho cor-de-rosa tocante e ridículo, com o qual brincava demoradamente sobre os lençóis, fascinado e como que desconfiado. Tinham colocado nele algumas moedas de dez tostões: essa riqueza invisível, a mim atribuída em nome não se sabe de que leis obscuras, mas inutilizável, que eu fazia tilintar nas paredes da louça oca, que há de mais ridículo e talvez brutal? Eu estava tanto mais decepcionado que havia no armário outro cofrinho, infinitamente mais digno de atenção, proibido e mirabolante: era um peixinho de um azul profundo de ardósia ou de íris, buliçoso ao nadar e lesto, com escamas aparentes que meus dedos sentiam quando às escondidas eu o tocava. Há nas *Mil e uma noites* peixes maliciosos e intratáveis que falam, que se transformam em ouro, e cujos barbilhões são sortilégios; de sua penumbra de panos rudes, este me chamava longamente em voz baixa como o outro chama, sobre o azul pérsico onde a onda lança gênios que os calhaus chocam, um pequeno pescador de turbante. Eu não podia tocar nele. Pertencia a minha irmãzinha. Minha irmã tinha morrido.

Certa vez — estava eu mais doente, mais manhoso e exigente, ou minha mãe cansada decidiu confiar em mim, não sei —, foi-me dado o direito de brincar também com o peixe. A alegria de ver que ele me era cedido, logo deu lugar a uma perturbação crescente; esse cofre era diferente do meu. Assim, pois, minha irmã se tornara um anjinho e tinha-me abandonado aqui, neste mundo pouco utilizável; ela só existia nos lábios comovidos e na única foto inexpressiva e friamente bochechuda como um *bambino,* e eu tinha de durar. Reinava lá fora o céu puro; ausentei-me, uma de minhas mãos se abriu; o peixinho se quebrou no chão. Minha mãe chorava ao varrer os cacos de louça azul que nunca mais teriam forma senão na sua memória, e na minha. Mais tarde, no quarto de minha mãe ainda por ocasião de outra doença, e desta vez sem dúvida alguma no inverno, na hora em que se debate dentro de si mesmo se se deve acender as lâmpadas, prosseguir ou se abandonar, uma vez mais se adiar, travei conhecimento com Arthur Rimbaud. Creio, Deus me perdoe, que era no *Almanaque Vermot,* que Félix a cada ano providenciava, e que propunha então, por baixo das pobres vinhetas humorísticas que faziam sua fama, das crônicas frívolas de literatura ou de política, de geografia, todas essas coisas que não se ia demorar a chamar, mesmo nas choupanas, de cultura. O artigo era ilustrado com uma foto ruim do fim da infância, em que Rimbaud, como sempre, está amuado, mas parece aqui mais fechado se é possível, obtuso e inatingível, adornado e em desordem como eram nas fotos de grupo os meus colegas de escola pesadamente vindos na manhã da noite de seus longínquos povoados, de Leychameau ou de Sarrazine, esses lugares fabulosamente perdidos onde o luto é mais inoperante, o espaço mais vazio e o gelo mais cru nas mãos sempre vermelhas, entorpecidas. Eu conhecia essa doçura idiota e esses tiques negros, estávamos sentados no mesmo banco. O título também me atraiu, que li por engano: "Arthur Rimbaud, o eterno infante", quando era "o eterno errante" que se devia ler; só reformei esse *lapsus* muito mais tarde; mas deixemos isso de lado. Não, essa carne rabugenta não me era mais desconhecida do que a infância desajeitada nas Ardennes que o escritor diarista romanceava. Eu tinha outras Ardennes pela janela, e meu pai, se não era capitão, tinha fugido como o capitão Frédéric Rimbaud; eu tinha, no moinho de Mourinoux, mais enterrado que os da Meuse, abandonado em maio barcos frágeis, talvez já abandonado minha vida; o ar imóvel arrancava-me lágrimas, eu tinha por paixões irmãs o dó e a vergonha. Outros pontos do artigo me deixaram perplexo mas exaltado no projeto de um dia resolver esses enigmas, tornar-me digno do modelo abrupto que acabava de me ser revelado; o que era então essa poesia feroz pouco apropriada às recitações domésticas servidas nas manhãs de escola na primeira flambada, essa poesia pela qual, parecia, abandonava-se com grande dano a família, o mundo, a si mesmo por fim, e que, ela própria, se punha de parte por amor dela, que fazia você igual aos mortos e superlativamente vivo? Além disso, Rimbaud tinha uma irmã que a despeito de tudo o tinha amado, de longe servido, tutelarmente velado tão longe de Charleville nos últimos suores e nas últimas renegações, mas o anjo entretanto era ele, ele próprio. A ele só, rapaz crescido entretanto, embora amputado de tudo, um autor obscuro concedia o epíteto entre todos angélico, que me havia até então parecido reservado aos pequenos mortos — às pequenas mortas —, a uma sépia fatigada, a alguma coisa debaixo da terra pungente e terrível que flores apaziguam, lá em Chatelus.

Vamos, é mesmo preciso fazer-se anjo, um dia, para ser amado como são os mortos. Mas se eu tardava demais, quem me amaria então? Olhava chorando para o fogo, chamava minha mãe, fazia-a jurar que meus avós não morreriam. Velhos cadáveres hoje, eles estão bem tranqüilamente deitados junto do anjo em sua pequena caixa, um pouco debaixo de Chatelus, não têm mais olhos para ver nascer-me asas; bem poucas flores de minha mão os tranqüilizam, as estações que desfazem seus velhos ossos embotam o meu querer, escrevo recitações de escola primária e sei que numa tarde de inverno, num quarto cuja lembrança se apaga, entre as magras páginas do *Almanaque Vermot* que eles também liam, preparei para mim mesmo uma armadilha cujas mandíbulas se fecham.

Menino, soube que outros meninos morriam; mas aqueles não me haviam precedido num vôo magistral, não eram só lenda, eu tinha estado a seu lado e sabia que éramos feitos da mesma massa; eu duvidava de que eles se tornassem, como me garantiam, anjos por completo. Entretanto, tudo mudava a respeito deles logo que se tinha certeza absoluta de que iam morrer. Do dia para a noite eles eram, na agonia, nisso que sempre chega, horripilantes boatos ainda vivos; Élise e Andrée os evocavam com voz lamuriosa e baixa, eu fingia que brincava, ficava espiando: que respeito era aquele repentino de que, ontem ínfimos, agora se beneficiavam, e aquelas vozes amortecidas ao chegarem perto de mim como quando se falava de mulheres levianas, de dívidas inexpiáveis, de meu pai leviano e inexpiável? Depois, na cozinha, um vizinho entrava mais lenta ou teatralmente do que de costume, o olhar queria dizer muito, ou Félix, investido de grandeza fugaz, drenava do bar a novidade absoluta, o inverno era mais vasto ou o verão mais azul, a criança já não era. No tremor azul dos lilases, na neve que milagrosamente cai do nada, eu buscava irrecusáveis vôos.

Um menino de Sarrazine morreu de crupe. Era mesmo espantoso como aquele ruivinho meigo e arcaico, todo feito do sono rural de que seu rincão dormia, aquele marco de pedra em quem tristemente eu tinha dado cascudos, fosse agora da coorte alada, provido de um corpo de ar espesso. Acaso ele sofria, já arrebatado, de o ser para sempre pela morte, para alçar vôo? A pequena Bernadette, minha prima de Forgettes, teve uma doença terrível; muitas vezes brincara com ela e com a irmã debaixo da grande árvore cujas folhagens crivavam de dançantes clarões seus rostos perdidos e seus vestidos claros, na entrada de seu sítio enorme e defronte às grandes matas, e a moeda falsa da lembrança devolve-as hoje a mim, semelhantes às priminhas sucessivamente alegres e austeras que passam e fogem pela *Porta estreita,* como a brincar de esconde-esconde. Nenhuma sombra de verão a apaziguaria mais; ela sangrava, suplicava, sabia que ia morrer. Élise, que fazia o trajeto a pé para passar a noite com ela e suportava que aquele olhar aterrorizado a atingisse, que aquela mão nova e já nula se deixasse ajudar para não ser mais por uma velha mão viva, Élise voltava para casa de manhã, ofendida e muda, resignada. Finalmente o desfecho foi fatal, a criança era uma chaga insuportável que se precisava reduzir ao silêncio; Élise nos pediu, à tarde, que saíssemos da cozinha e que fôssemos logo deitar, ela tinha o que fazer: conhecia, de fato, velhos combates feiticeiros, de que tempos vindos, para estancar o sangue das mulheres e jugular a nuvem com que o raio caminha sobre as mós, suplantar os deuses cornudos que abatem às dezenas os bois e fazem girar as ovelhas até a morte, adiar o inevitável, enfim, em toda circunstância fatal, fazer algo, como se diz quando não há mais nada a fazer; tudo isso, que as mulheres tinham-se transmitido umas às outras durante séculos e que Élise sabiamente não transmitiu, estava ligado a rezas ingênuas e inoperantes, algumas aspersões de água de Lourdes e uma pantomima simplória que nunca vi, mas na qual creio ver lutar a boa vontade de Élise toda curvada e teimosa, frágil, incrédula. Para conjurar os sangramentos, e por decisão mimética sem dúvida, sei que minha avó precisava de muita água com que ela controlava o fluxo sem acreditar muito que o fluxo vermelho lá embaixo lhe obedecesse, mas cuja metáfora ela prosseguia bravamente, como se cumpre um dever; ela ofereceu, pois, naquela noite, libações misteriosas, entre a torneira da cozinha e a mesa de fórmica, a santos dessuetos e enraivecidos. A leucemia não liga para essas coisas, ela não é feiticeira, Élise bem o sabia: em Forgettes a criança morreu numa manhã em que o sol dançava sobre a fachada enorme, com grandes gritos. Anjo se tornou, também ela, ou cepa finalmente muda no cemitério de Saint-Pardoux, onde flamejam moitas de chuva de ouro, giestas no verão.

"Pobre menina", dizem dela agora, como se dizia: "tua pobre irmãzinha". Em Marioux, de fato, como talvez mais generalizadamente nas casas de gente modesta que estas páginas complacentes traem, reluta-se em dizer morto, defunto, desaparecido; até mesmo o falecido Fulano é raro; não, todos os mortos são "pobres", tremendo não se sabe onde de frio, de fome indecisa e de grande solidão, "os mortos, os pobres mortos", mais duros do que os maltrapilhos e mais perplexos do que os idiotas, totalmente desconcertados, embaraçados sem uma palavra num tormento de sonho mau, que se mostram tão terríveis em velhas imagens quando são tão suaves, benignos e perdidos na escuridão como pequenos polegares, para sempre os últimos dos últimos, os mais pequenos da gente pequena. Isso, eu concebia de bom grado: quando íamos ao cemitério de Chatelus, eu via bem, pelo jeito consternado das mulheres, pela pesada reprovação de Félix que tirava o boné, que alguém devia ter muita dificuldade a esse respeito; alguém que quisera estar presente e não podia, que alguma coisa segurava asperamente, como aqueles primos distantes que a cada ano lhe escrevem dizendo o grande desejo que têm de rever você, mas a viagem é longa, o dinheiro escasso os segura, a mó de suas vidas cada vez mais firmemente os prende e os tritura, finalmente se calam por vergonha, perde-se o contato. Eu me mantinha ocupado; ia buscar água para as flores, com a mão enchia de terra boa os vasos, enterrava sorrateiramente o rosto no pó de eternidade dos crisântemos; era muitas vezes no inverno; a igreja alta sobre a colina alta do cemitério, o campanário e o céu num mesmo cinza se enlaçavam em meu coração, e como ricos aos olhos eram os vales, quão viva minha corrida imaginada rumo a eles, e possantes o grito nítido de um galho pisado, a gargalhada do visível multiplicada nas poças; eu bem quisera viver. O vivido, o desvanecido acolhia-me quando eu voltava carregando meu jarro de água no braço estendido para não respingar minha calça de domingo, e me chamava à ordem o alqueire de terra pedregosa que mãos lentas floriam, o sal a mancheias lançado como sobre uma cidade morta, e no alarido de um corvo o chamado pungente lá embaixo, mais baixo do que o sal e as flores de que tenebrosamente ela se nutria, da pequena muda, a obscura, a sepultada, minha irmã. Mas quê, era também um anjo? Sim, a vida de anjo era essa desgraça. O milagre era a desgraça.

Pesarosos enfim caminhávamos entre os túmulos, descíamos a ladeira. No plano inferior a vila inteira oferecia-se a meus olhos, o belo Chatelus todo em encostas onde existem grandes casas velhas, sombras calmas e musgos; mas esse Chatelus era um engana-vista, o verdadeiro estava atrás de nós; o verdadeiro era aquele que Félix, prostrado e desocupado, chamava com seus votos em Mourioux, docemente desiludido, quando dizia: "quando eu estiver em Chatelus". Eu pegava a sua mão, seu odor de veludo espesso me tranqüilizava, e se ele se debruçava, eu sentia em meu rosto seu forte sopro. Minha mãe, minha avó, mostravam-me a cada vez a escola onde elas aprenderam a ler; vinham-lhes lembranças, palavras, e com elas os mortos, as meninas mortas cujas tranças elas puxaram e os mortos louquinhos que as cortejaram, os mortos espantosos que viveram; aqueles também obscurecidos atrás de nós. Muitas vezes íamos a Cards no mesmo dia, e, se fizesse bom tempo, a pé, pelas castanheiras que o outono eriçava ou as labaredas de ouro do verão, por sendas de passarinhos. Chegava-se inopinadamente a terras mais santas, às terras de Cards que me pertenceriam um dia, afirmavam-me isso com amor e como uma piedade fugaz, e a emoção de Félix me confirmava que esses campos eram de outra natureza na qual se tinha de ver mais vivo o brilho das giestas, maior a impaciência dos matos. Finalmente uma música viva dançava em mim, minha sombra me inebriava, a casa aparecia em seu bosquezinho, seus lilases, seu passado contado, a casa que lentamente se enterrava sob inúteis estações sem colheitas e não guardava em suas paredes vazias senão o tempo roedor; pouco importava. Eu iria ficar grande e teria dinheiro para restaurá-la; podaria a glicínia; no jardinzinho onde Élise se lamentava sobre as urzes, liam-me um futuro de goivos e de hortênsias; aqui brincariam crianças e o futuro triunfaria: eu viria em férias e me louvaria de alegrar os velhos mortos. Félix não estava mentindo; estava mesmo em Chatelus; na encruzilhada de um caminho para Séjoux, à vista de um povoado adormecido, ninguém mais designa a terra de Gayaudon, onde o mato é paciente: a propriedade foi vendida a preço vil para que prossiga a minha existência ínfima. A casa me fica; meu amor por ela não decresceu. Uma glicínia morta ali se desespera; a tempestade e a minha incúria arruinaram tudo; as essências raras que Félix plantara para mim desmoronam uma a uma nas granjas, há estalos bruscos e erosões lentas; as ventanias lançam as ardósias ébrias nos flancos das castanheiras, a água estagnada se junta onde os vivos dormem, retratos caem e no fundo dos armários outros sorriem no escuro ao esquecimento que os cobre, ratos morrem e outros vêm, pacientemente tudo se desfaz. Vamos, está tudo bem; os anjos misericordiosos param num vôo de ardósia, quebram-se e renascem no ar azul; eles afastam a noite das teias de aranha, junto das janelas quebradas olham lua após lua fotos de ancestrais cujos nomes lhes são conhecidos, entre eles suavemente cochicham e talvez riam, azuis como a noite e profundos, mas cristalinos como uma estrela; que gozem de minha herança inabitável; o milagre está consumado.

Minha irmã nasceu em 1941, no outono, creio, em Marsac onde meu pai e minha mãe estavam lotados; existe em Marsac uma estaçãozinha e um grande moinho, o Ardour corre ali à jusante de Mourioux; vivem ali alguns Chatendeau, Sénéjou, Jacquemin, que dão maçãs de presente e envelhecem em jardinzinhos; eu ia lá com minha mãe de bicicleta, quando pequeno: ela ainda era bem jovem, talvez minha lembrança a conserve, gentilmente pedalando numa manhã, de vestido claro, nas manchas douradas do pleno verão — e como ela está sozinha, com aquele filho tagarela que vai depressa demais. Nesse lugar, pois, conceberam, ele, o homem do olho de vidro, o homem criado falível e aceitando-se assim, o enigmático chefe zarolho de quais legiões de esquecimento, que talvez viva ainda ou talvez não viva mais, e ela, a camponesa de Cards de outra maneira falível e não acreditando que nada lhe seja devido, amedrontada e alegre, desde sempre e para sempre criança. Era durante a guerra, no fim dos caminhos, colunas alemãs terríveis e tristes lentamente rolavam, que a gente dos povoados olhava com os olhos exatamente com que seus ancestrais olhavam cavalgar as grandes companhias, a hoste do Príncipe Negro, olhos antigos, crédulos e fabuladores; a resistência com seus jovens espectros corria os bosques, sabotava as agulhas dos trilhos, fazia explodir comboios e voar os repiques de sinos, estremecia a noite pelos lados de Marsac. Minha mãe tinha outras preocupações que não essa guerra incompreensível e barulhenta, na qual não se sabia quem mentia; o chefe zarolho cortejava aqui e acolá e no entanto a amava por certo, bebia seco; ela esperava sem acreditar muito um primeiro filho, ela que sempre se pensava em Cards menininha fazendo a colheita, emocionando-se e rindo das ninharias que lá tramam a linguagem e fazem uma vida: um bigode desenhado a carvão sobre uma carinha e já não se reconhece mais você, se se toma o lanche no grande prado, no verão, ao lado da fonte o chocolate é bem melhor, ou então a égua cambaia e incansável do vovô Léonard o traz bêbado de uma feira, e meu Deus como ele é engraçado, cambaleando debaixo da peliça de pêlo de cabra, sei lá mais o quê. Aproximou-se o fim e, em Cards, na velha soleira, a velha pôs-se a caminhar com seu bastão, cortou através do bosque por Châtain onde a sobrinha-neta de Antoine, cheia de idade e de sorrisos, abriu-lhe uma lata de sardinhas, depois por Saint-Goussaud e o declive sombreado de Arrènes, e no bolso ela guardava a relíquia, o inexpugnável legado dos Peluchet, seu fardo de impotência, seu amuleto do bom parto; e visto que era outono, Élise pisava em urzes novas, digitais altaneiras, violáceas e baculadas como bispos, e visto que ela era alegre e sem ilusões, sorria docemente. A criança nasceu entre Élise, a relíquia e um médico do campo *vieille France*[1], na escola de Marsac. Essa menina se chamou Madeleine.

Ela tinha grandes olhos de um azul sombrio — vindos de Clara certamente, Michon nascida Jumeau — e, dizia-se, como

---

1. "Vieille-France", adjetivo: à moda antiga, refinado e conservador. (N.T.)

sempre se diz, teria sido bonita. Levaram-na a Marsac nos jardinzinhos onde ervilhas-de-cheiro distraíam as macieiras, o penacho passante das locomotivas chamou-a, suas mãos se estenderam para o distante e não sabiam colher o próximo; levaram-na a Cards, a escuridão densa cobriu-a sob a castanheira, colocaram-na um instante na velha soleira e um verbo patoá sobre sua cabeça misturado com a claridade de céu das glicínias ofereceu a seu espanto uma língua angélica que ao longe retomavam em eco as sombras cézanianas, lúcidas, povoadas de apelos, bosques claros às cinco horas da tarde; as cenas ditas primitivas que a afloraram não tiveram tempo para cortar aquela harmonia soberba. Talvez ela tenha passado uma vez por Mourioux, mas tinha adormecido no ônibus, ou então sua pequena face ria encostada à face de nossa mãe, ela não viu o campanário abrupto, as placas douradas nas paredes e a eterna tília, a infância inexpiável e aqui enterrada do rival que ela não conheceria, seu irmão. As mãos de Félix eram muito grandes e desajeitadas, ela se assustava, e no seu rosto persistia o forte sopro amoroso; Eugène respirava soprando assim e tinha as mãos grandes também; Aimé ao pegá-la ria com um olho, mas o outro estava obscuro, distante e incapaz, celeste: ela teve tempo talvez de perceber que os machos são sem força, tudo com energia mas segurando apenas o longínquo, não as fraldas mas o nome, e que a carne profundamente os entedia, a carne sempre agitada que observam entretanto e tentam amar bem corretamente, sempre atrapalhados que estão na tarefa de ajustar o visível a seus sonhos e dessa adequação fazer uma embriaguez finalmente, mas infalivelmente eles se desembriagam, a criancinha chora e a mãe se exaspera, eles saem e puxam suavemente a porta, na soleira já sóbrios dão-se uma pobre jactância, olimpianos e perdidos olham o seu céu e o seu bosque, uma vez mais fazem-se de anjos, vão beber. Quando voltam, a criança está dormindo.

Ela ignorava seu nome e o monstro de insuficiência que seu nome é, e sua própria imagem ainda não lhe havia roubado o mundo, que não é para nós senão o guarda-roupa onde vestir nossa imagem; teve um mal súbito e não soube dizê-lo: essa dor mesma pareceu-lhe não diferir da universal harmonia da qual ela era uma das fermatas, como o céu muito azul, a mãe que volta ou a noite toda escura, mais vibrante apenas, mais aguda e próxima de uma insuportável fonte, na febre de um bebê de peito cujo delírio sem palavras e fervendo de lágrimas nos é para sempre incompreensível, tão recusado e talvez miraculoso quanto o último estágio dos coros que envolve o trono do Pai. Era num forte calor de junho; um bólido daquele tempo veio de Bénévent e o doutor Jean Desaix desceu dele, de sapatos bicolores e terno claro, inútil e belo como um padre; paternal e *vieille France*, inclinou sobre o berço sua gravata-borboleta, apalpou aquela carne agitada e interrogou-a bem diretamente, nada lhe respondeu a não ser o velho inimigo insondável, indiferente; fez uma receita *pro forma*; no coração angustiado da mãe, o bólido rutilante deu meia volta sobre cascalho do pátio, arremessou-se. A fermata tão longamente mantida se quebrou, houve um soluço, talvez um vôo de olhos mortos; na exultação ou num inconcebível terror sem pensamento a carne se retirou do verão, alguma coisa mais estreitamente se ligou ao verão: Madeleine morreu no dia 24 de junho de 1942 pela manhã, dia de São João, no calor imenso que se levantava sobre Marsac, quando o puro éter reina como tirano na garganta dos galos, em lágrimas radiantes se espalha, ferve no coração de ouro dos lírios, e de lá se lança para o sol três vezes santo. Então os velhos vieram de novo de Cards, e de Mazirat os outros velhos, os primeiros de charrete e os segundos da Rosalie; e talvez se perguntassem com seus botões que sangue negro se tinha revoltado ali, que justas vinganças não tinham feito daquele corpinho senão um bocado, que filha de Astréia camponesa se tinha comido. E na encosta íngreme de Villemomy, Félix, rédeas na mão com seu chapéu preto, obstinado, injuriando o cavalo, pensava que era no caso os Gayaudon que expiavam, e sua leviandade particular, seu gosto de antigo dragão pelo aparato fácil, as alazãs, as correias, as rosas, sua agronomia enlouquecida que já estava arruinando Cards; e os velhos Mouricaud reviviam em Élise, Léonard, o antepassado, erguia-se bem ereto debaixo das sombras, desaparecia num tumulto, num enxame de moscas de ouro com vindita murmurava, o fundador de coração seco que tostão por tostão tinha comprado Cards, o homem que em seu único retrato segurava na mão uma pasta, sentado como uma iguana paciente, bigodudo, entre Paul-Alexis e Marie Cancian, o filho e a mulher de um lado e de outro, ambos de pé, para a glória apenas do tirano fazendo pose, sorridentes, incertos e inconsistentes, Léonard que amava o ouro e sua égua e detestava os homens; e outras sombras bruscamente empurravam para a luz os filhos pródigos e malandros, Dufourneau o tácito e Peluchet o parricida, esborrifados como João Batista, e as erínias verdes do sub-bosque sopravam seus cabelos de além-túmulo. Lá longe, na outra ponta, no tofe-tofe já rachado da jardineira que conheci, passando em direção de Chambon sob cujo pórtico os anciãos do Apocalipse ingenuamente seguram harpas anãs, Clara sabia que o velho Jumeau, o intratável mestre de forjas de Commentry, fazia os homens passarem fome e mesmo assim se arruinou, o ancião de apocalipse e de fundição que já do filho tinha tomado um olho, recebia em dívida póstuma aquele pequeno cadáver para entenebrecer ainda mais o inferno onde há um quarto de século ele uivava; e de Eugène que chorava e estava mais surpreendido, não conheço os pensamentos: dos habitantes precários do nome que carrego nada sei além dele, senão que eram pobres e atarefados, que as mulheres sonambúlicas arrumavam as casas e ao voltar faziam cenas, e que os homens ineptos fugiam na jactância e nos botequins, fugiam de vez. Eugène, pois, cheio de vinho e manso, olhava pela vidraça o trigo amarelar, lembrava-se, e também ele descobria a sua linhagem bastante rica para produzir esse morto tão jovem. Assim todos esses velhos filhos de Adão desembarcaram em Marsac, e talvez ao mesmo tempo, cambaleantes e consternados abraçaram-se, veludos grossos com veludos grossos, o olhinho azul inundado de Félix nos olhos azuis ardentes e secos de Clara, debaixo de suas grossas solas rangeu o cascalho quente do pátio, ei-los que já passaram a porta, ela se fecha sobre os seus segredos de polichinelo e suas mágoas inábeis, ineptos magos em torno de uma criança morta. O verão ri nas tílias, a sombra se inclina sobre a porta fechada, tudo vai mudando devagar.

Depois, naquela estação de lírios, as coroas de lírios trançadas pelas crianças da escola, e na igreja de Marsac o irrespirável odor branco, depravado como o verão, o triunfo de órgãos dos repelentes cálices, e suaves, clericais, mesclados ao mofo rico das velhas paredes; o cachãozinho vogando sobre aquela *unda maris*, a camponesa jovenzinha no braço do chefe zarolho, desfalecendo; Élise toda corcunda;

os passes do vigário, o auditório de comedores de nabos, coisas todas já ditas; e na charrete de novo o pequeno espectro lirial que desengonçado roda pelos caminhos perdidos ao encontro de seus pares, o verão a lhe sorrir, enxames de moscas de ouro a lhe emprestar voz, e debaixo dos sombreados espessos ao subir para Arrènes, Saint-Goussaud, a sebe ainda dos fundadores, dos tamanqueiros, daqueles que foram encarnados e trabalharam, Léonard sentado tranqüilo debaixo do carvalho de Lavaux a contar alguma coisa e não levanta os olhos, os Peluchet transformados em pedras e enquanto vivos pedras na cruz de Châtain, todos os outros amontoados e de um azul de glicínia em Cards que se vê lá longe diante de uma casinha limpa, e, finalmente, Chatelus, aonde conduzem os caminhos.

Se de algum modo, por menos que eu escreva seu nome, Léonard corre os caminhos noturnos, com a bolsa balançando em sua peliça de cabra, entre o carvalho de Lavaux e os fundos de Planchat; se tem algum comércio com os Belos Impassíveis que se divertem em Cards estripado, que sabem tudo e de tudo se alegram até ao canto; se lhes lança alguns luíses que tilintam na soleira, como lhes lanço neste momento estas linhas; se ele sobrevive um pouco em mim, tal como os contos de filiação nos fazem crer, ele sabe o que segue: três anos depois dessa pletora de lírios, Andrée e Aimé geraram-me; dois anos mais tarde o chefe zarolho como um pirata fez-se ao largo, e na ausência doravante, mais distante do que aqueles de quem se verifica a falência "em Chatelus", celeste, paterno magistralmente, reinou sem partilha, escandindo minha vida vazia como anda pelo convés de um navio a perna-de-pau de Long John Silver, em *A ilha do tesouro*; em 1948 a porta de Cards se fechou atrás de Félix em ruínas, a velha nau começou a apodrecer, povoaram-na arrepios; Élise e Félix desapareceram em 1970: a tumba de Chatelus está repleta, a lousa musgosa não se abrirá mais a não ser no dia do Juízo Final, e quero crer que Élise jovem e sem corcunda sairá dela, com uma menina recém-nascida nos braços; na mesma hora talvez em Saint-Goussaud, levantando-me rejuvenescido dentre os Pallade, os Peluchet e outros espectros anônimos, saberei como em vida eu deveria ter escrito para que, através da ênfase que em vão desenvolvo, um pouco de verdade venha a lume. Enquanto espero, tenho mais ou menos a experiência de uma criança falecida sem linguagem; mas não tenho comércio com os anjos.

Eu a vi uma vez, no entanto, em Palaiseau, em julho de 1963. Eu ia viajar para a Inglaterra onde me esperava um amigo, moças sonhadas consideráveis e horizontes mais saborosos ainda do que deste lado. Estava hospedado na casa de primos distantes e alegres, estóicos, que almoçavam sobre a grama entre as auto-estradas e os aviões barulhentos que levantavam vôo em Orly próximo; eu esperava; queria abraçar tudo. Uma tarde no jardinzinho, sozinho, embriagava-me de coisas radiosas: a juventude começada e incomensurável ainda, a emoção toda nova do vinho e das mulheres, o céu de verão aberto a meu desejo como ele ardente, e os objetos de meu desejo seguramente tão verdadeiros, perfumados, profusos e à mercê amassáveis como essas flores de subúrbio que minha mão rasgava; o céu inteiro, eu queria pegá-lo por uma ponta e puxá-lo para mim, com suas flores frescas e suas miragens imóveis, seus azuis que mudam, seus aviões lá em cima e a polpa de nuvens que atrás de si deixam para brincar com a tarde nos olhos dos vivos, o céu desde as colinas de Massy até Yvette onde ele descamba, eu teria gostado de enrolá-lo assim como a um pergaminho, como o enrola em pessoa o anjo bibliófilo do Juízo, quando tudo está escrito, quando a obra universal se fecha e cada um sobre suas obras é julgado: gozar de tudo e tudo escrever entretanto, eu queria isso, eu poderia. Passavam andorinhas. Eu turbilhonava nessa embriaguez, meus olhos pararam: do jardim vizinho, tão próxima que estendendo a mão poderia tê-la tocado, olhando direto para mim, atenta e firme, mas à mercê de um sopro, no limite da sombra parada entre os goivos e as ervilhas-de-cheiro, tão longe de Chatelus entretanto, ela me observava. Era mesmo ela, "a pequena morta, atrás das roseiras". Ela estava ali, diante de mim. Estava bem natural, aproveitava o sol. Tinha dez anos de idade terrestre, tinha crescido, menos depressa do que eu, é verdade, mas os mortos tem tempo para se atardar, nenhum desejo desenfreado do fim os puxa para a frente. Segurei-a com paixão em meu olhar, o dela um instante me carregou; depois ela virou as costas e o vestidinho dançou na luz, ela se foi ajuizadamente, a passos miúdos e decididos, rumo a um sobrado com varanda; os pezinhos sérios bateram a areia da alameda, esvaneceram-se sem que eu ouvisse trotar as sandálias no enorme estrépito de um boeing que decolava, todas as paredes do ar a tremer debaixo dele, o verão a abrasar seus flancos de prata, os filhos invisíveis e apaixonados da maquinaria celeste elevando-se com ímpeto rumo ao paraíso muito alto e vago, atrás dos prédios populares. Nesse grande trovão ela puxou a porta. As roseiras em fogo não se mexiam.

Alcei vôo para Manchester; nada lá foi considerável; lá eu escrevi o meu primeiro diário, e esse acontecimento é o primeiro que relato. A tenra idade é cheia de falatórios, mas este não era propriamente um deles: minha irmã, sim, essa menina me pareceu bem assim no instante mesmo em que a vi; reconheci-a e chamei-a pelo nome com a mesma certeza tranqüila com que nomeava sob seus pés os goivos e em torno dela a luz; e eu não saberia dizer por que aberração, que foi aos meus olhos de então uma evidência, uma filha de operários de periferia em vestido de verão deu corpo ao paradigma de todas as disparições, a seu surgimento por vezes no ar que elas espessam, nos corações que elas ferem, na página em que teimosas e sempre enganosas elas batem asas e batem em portas, vão entrar, vão estar e rir, seguram a respiração e seguem a tremer cada frase ao fim da qual talvez esteja seu corpo, mas mesmo aí suas asas são por demais ligeiras, um adjetivo espesso as espanta, um ritmo defeituoso as trai, aterradas elas caem infinitamente e não estão em parte alguma, voltar quase eternamente as mata, elas desolam-se e enterram-se, novamente são menos do que coisas, nada.

Que um estilo justo tenha retardado a queda delas, e a minha talvez seja mais lenta por isso; que minha mão lhes tenha dado licença de assumir no ar uma forma tão fugaz por minha tensão apenas suscitada; que me arrasando tenham vivido, mais alto e claro do que vivemos, aqueles que mal foram e voltam a ser tão pouco. E que talvez tenham aparecido, espantosamente. Nada me apaixona tanto como o milagre.

Ele aconteceu mesmo? É verdade; esse pendor pelo arcaísmo, essas tolerâncias sentimentais quando o estilo não pode mais, essa vontade de eufonia velhota, não é assim que se exprimem os mortos quando têm asas, quando voltam no verbo puro e na luz. Tremo de medo que eles se tenham obscurecido ainda mais. O Príncipe das Trevas, sabe-se, é também o Príncipe das Potências do ar; e bancar o anjo faz seu jogo. Está bem; tentarei um dia de outro jeito. Se voltar a sair em sua busca, abandonarei esta língua morta, na qual talvez eles não se reconheçam.

Em sua busca, entretanto, em sua conversação que não é silêncio, tive alegria, e talvez tenha sido também a deles; quase nasci muitas vezes de seu renascimento abortado, e quase com eles morri; quisera escrever do alto desse vertiginoso momento, dessa trepidação, exultação ou inconcebível terror, escrever como um menino sem palavra morre, dilui-se no verão: numa enorme emoção pouco dizível. Nenhuma potência decidirá que em nada tive êxito. Nenhuma potência decidirá que minha emoção em nada explodiu em meu coração. Quando o riso da última manhã atinge Bandy embriagado, quando num salto os cervos fictícios o enlevam, eu estava presente, por certo, e por que em retorno não apareceria ele eternamente, fossem estas páginas enterradas para sempre, no pão que ele é visto consagrar aqui mesmo, no gesto decisivo em que aqui mesmo ele arregaça a batina antes de montar na moto, desconsolado mas sorridente, pipocando estrondos ao sol grande, no vento da auto-estrada extravagante, a se lembrar? Creio que as doces tílias brancas de neve se debruçaram no último olhar do pai Foucault mais que mudo, assim o creio e talvez o queira. Que em Marsac uma menina sempre nasça. Que a morte de Dufourneau seja menos definitiva porque Élise se lembrou dela e a inventou; e que a de Élise seja aliviada por estas linhas. Que em meus verões fictícios, o inverno deles hesite. Que no conclave alado que se reúne em Cards sobre as ruínas do que teria podido ser, eles estejam.

ESTE LIVRO FOI COMPOSTO EM GATINEAU 11/15,2
E IMPRESSO SOBRE PAPEL CHAMOIS BULK DUNAS 80 g/m²
NAS OFICINAS DA BARTIRA GRÁFICA, SÃO BERNARDO
DO CAMPO-SP, EM JUNHO DE 2004